U0589492

THE Nutshell Technique

Crack the Secret of SUCCESSFUL Screenwriting

果壳编剧策略

成功故事的八大核心元素

[美] 吉尔·张伯伦 (Jill Chamberlain) 著

张敬华 译

人民邮电出版社
北京

图书在版编目（ＣＩＰ）数据

果壳编剧策略：成功故事的八大核心元素 / （美）
吉尔·张伯伦（Jill Chamberlain）著；张敬华译. --
北京：人民邮电出版社，2021.5
（写给未来的电影人. 编剧系列）
ISBN 978-7-115-55625-7

Ⅰ. ①果… Ⅱ. ①吉… ②张… Ⅲ. ①电影编剧—创
作方法 Ⅳ. ①I053.5

中国版本图书馆CIP数据核字(2020)第261150号

- ♦ 著　　　［美］吉尔·张伯伦（Jill Chamberlain）
-   　译　　　张敬华
-   　责任编辑　宁　茜
-   　责任印制　彭志环
- ♦ 人民邮电出版社出版发行　　北京市丰台区成寿寺路 11 号
-   　邮编　100164　　电子邮件　315@ptpress.com.cn
-   　网址　https://www.ptpress.com.cn
-   　固安县铭成印刷有限公司印刷
- ♦ 开本：787×1092　1/16
-   　印张：10.75　　　　　　　　2021 年 5 月第 1 版
-   　字数：197 千字　　　　　　2025 年 5 月河北第 10 次印刷
-   　著作权合同登记号　图字：01-2016-7597 号

定价：69.80 元
读者服务热线：(010)53913866　印装质量热线：(010)81055316
反盗版热线：(010)81055315

内 容 提 要

　　本书是一本电影编剧通用教程，它将故事的结构分解为八大要素，用这八个要素之间的紧密配合来描述剧情的基本结构。本书给出了一种故事结构的技术规范，取名"果壳编剧策略"。

　　关于故事结构的书籍一般有两种，一种侧重情节，另一种侧重角色性格成长弧。本书作者认为，在最出色的剧本中，这两种结构应完美地融合在一起。本书主要通过案例解读提出一套系统的方法，让你领悟为何有些剧本可以扣人心弦，而有些大片却遭遇票房惨败。

　　本书分为四大部分，第一部分用案例分析的方式指出了99%的新手编剧的问题所在，比如对角色性格、故事驱动等问题的理解缺失，并给出了解决方案；第二部分是"果壳编剧策略"以及"果壳策略图"的使用说明，同样用案例展示了如何设置困难、推动故事，逐步介绍了八个要素是如何分别在故事的各个阶段发挥作用的；第三部分展示了果壳策略的高级应用，包括非线性剧本等非常规故事的写作；第四部分使用果壳策略的图形化方法分析了30部电影案例。

谨以此书献给我的父亲，是他赋予我对电影艺术的一生挚爱；
同时献给我的母亲，感谢她坚定地相信我有写作的天分。

即使被关在果壳之中，我仍是无限宇宙之王。

——《哈姆雷特》（第二幕，第2场，234-235）

致　谢

非常感谢吉安娜·拉莫特（Gianna LaMorte），正是由于她对《果壳编剧策略》的积极倡导与对我的支持，本书才可能如此顺利地面世。

感谢南茜·弗利（Nancy Foley）、特雷西·加德纳（Tracie Gardner）、琳恩·查普曼（Lynne Chapman）、苏·卡特（Sue Carter），还有本书编辑谢吉姆·伯尔（Jim Burr），他们为这本书的初稿耐心细致地提供了许多改进意见。

利·纽森（Leigh Newsom）为本书贡献了惊人的创造力，将本书从简单的 Word 文档设计成为如今呈现在大家面前的各种简洁明快的示意图与清晰的表格，感谢他的艺术天赋。

衷心地感谢罗宾·韦恩伯夫（Robin Weinburgh）、卡森·库茨（Carson Coots）、基思·杰斯玛（Keith Jaasma）、埃里克·卢瓦尔卡巴（Erik Ruvalcaba）、莫奈·哈瑞兹（Mirna Hariz）、基妮·佛恩塔纳（Jinni Fontana）和雪莉·米尔斯（Sherry Mills），他们毫不吝啬地以自身专业特长给予本书各种帮助。

感谢我的老师们，特别是道格·卡茨（Doug Katz）老师，他培养了我对编剧事业的热爱。感谢我第一位电影导师，已故的斯特凡·莎里夫（Stefan Sharff）教授，他扭转了我"看"电影的方式。

感谢支持我的编剧同行们，没有他们就没有这本书，他们是安德烈·奥尔森（Andrew Olson）、乔丹·巴克利（Jordan Buckley）、杜威·贝德奥克斯（Dewey Badeaux）、托尼·吴（Tony Vu）、西蒙·伦威克（Simon Renwick）、劳拉·曼尼吉（Laura Menghini）、托马斯·伯克（Tomas Burke）。

感谢所有电影工作室的同事，感谢曾经为我提供帮助的同行。他们不断地给我惊喜，令我惊奇地发现原创故事有着无限的可能——尽管我坚持要求他们把这八个电影元素组合起来——每一天他们都会让我看到：没有想象力，单靠技巧是做不成任何事情的。

前　言

在电影诞生仅仅一个世纪之后的今天，吉尔·张伯伦（Jill Chamberlain）成为探索电影基因密码的最大贡献者之一。

吉尔透露，成功的故事片中一定有更深层次的原因在推动故事向前，绝非那些普通编剧教程中所讲的三幕结构加一个激励事件的简单方法就足以概况。幕后工作（可以这么说）是创造性的特定动力，它可以全方位地创造各种维度的主要角色，满足不同层次的情感需求。吉尔已经精细地规划出这些关键点，并为之取名为"果壳编剧策略"。据我所知，没有其他任何一本书或方法展示过类似的内容。

吉尔将她的方法与其他方法作比较，认为其他方法不足以解释故事片剧本成功的真正原因。她是对的，对于罗伯特·麦基（Robert Mckee）和悉德·菲尔德（Syd Field）的经典著作来说尤其如此。这两部虽然是很重要的著作，但这些巨人并没有把我们带到电影的"灵魂"深处。

一般情况下，剧本故事结构有两种描述方法，一种侧重情节，另一种侧重角色性格成长弧与人物心路历程。吉尔认为，在最出色的剧本中，这两种结构应完美地融合在一起。

我也一再对学生们强调，主角内心的心路历程应该通过电影的镜头加以表述。电影人所做出的每一个选择——例如场面调度、节奏、灯光——均应与这部电影主要角色的内心冲突息息相关。在《蝙蝠侠》系列电影中，哥谭市（Gotham City）的阴暗与衰败正反映了蝙蝠侠内心的激烈矛盾，他试图将愤怒与痛苦的情绪导向正义而非简单的复仇。

这本书提出了一套全面系统的分析方法，重点分析了某些电影剧本成功的原因。为了阐释"果壳编剧策略"，吉尔以30部著名影片为例进行说明，展示了如何设置困难，以及这些困难是如何推动故事情节发展的。通过这些案例的解读，我们会明白，在一些堪称伟大的剧情片中，为何故事的高潮也会像动作电影中的一样令人肾上腺素飙升。当然，我们会明白某些动作片比它们表面上看起来更加深刻，当银幕上120分钟的影片结束时，那些画面会引起我们深深的回味，也会促使我们对关于人类终极命题的重新思考。这些都会令读者逐渐领悟，为何如今会有如此多的大片惨遭失败，而这种情况原本完全可以避免。

无论创作哪一类剧本，我们经常会犯一种"只见树木不见森林"的错误，经常失去洞察力与全局观念。"果壳编剧策略"会让你找回这种洞察力，它引导编剧识别故事中最根本的元素，从而引导他们找到最初想要讲述的真实故事。

　　每一位编剧都希望有更便捷、更具体的方法来帮助他们开发更多的、能引起观众共鸣的好故事。每一位教师也渴望有一些行之有效的方法，帮助学生理解那些伟大电影的运作机制。在本书中，吉尔将这些方法汇聚为一个神奇的工具包。电影爱好者也可以发现本书的内容深刻而富有洞察力，因为书中的案例解读可以印证成功的电影得益于其背后运作着的"果壳编剧策略"。

　　想通晓电影故事背后的奥秘，掌握成功剧本的客观规律与写作方法，就从这本书开始吧！

帕特里克·赖特（Patrick Wright）
美国马里兰艺术学院电影艺术系主任
约翰斯·霍普金斯大学–马里兰艺术学院电影中心负责人

目 录

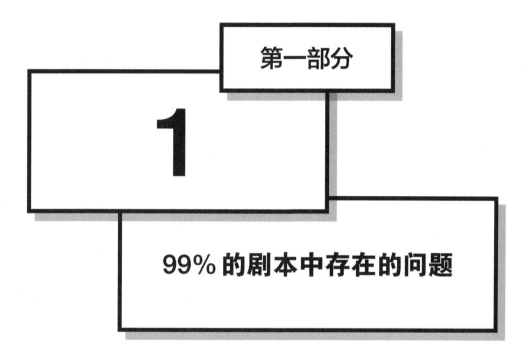

第一部分

1

99% 的剧本中存在的问题

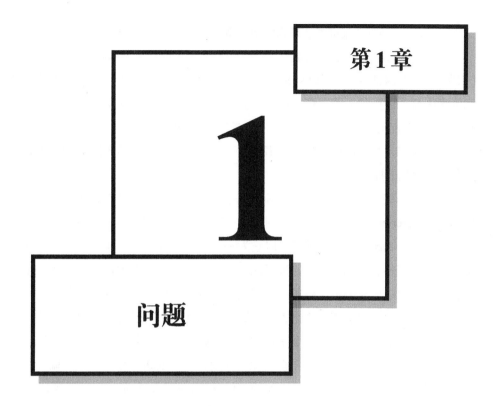

第1章

1

问题

为什么要用另一种编剧方法？

身为电影剧本顾问和编剧导师，我认为，**99%**的新手编剧并不会讲故事。

从事编剧工作的人可能只是对剧本的格式、俏皮的对话或场景的设置有所了解。他们关注的焦点在于，如何在剧本中四处设置有趣的人物或者一些巧妙的情节。他们虽然拥有一个好的剧本创意，却不懂如何讲述一个**故事**（story）。前面说的那**99%**讲述的其实是一种**情境**（situation）。

解决问题的关键在于打造故事结构。作为一个常常被误读或者难以准确传达的概念，故事结构成为编剧工作中最困难和最重要的关键点，大约应该花费编剧全部工作量的**75%**。

杰出的剧本背后都有统一运转的核心体系，它包含八个必不可少的元素，而且更重要的是这些元素之间的相互依存的关系。

我需要用一种简洁明了的方式告知我的客户和学生，他们的剧本在结构上存在哪些问题，同时，我更需要以一种清晰的思路明确地告诉他们如何解决这些问题。因此，我设计出八大元素，用线条与箭头描绘出它们之间相互依存关系，并把它们绘制成占据一页的图表的形式。我半开玩笑地随手在第一页标记下"果壳中的剧本"，后来，这种方法被称为"**果壳编剧策略**"。

它是一个动态的系统，隐藏在历史上那些杰出的电影剧本结构背后。在电影《卡萨布兰卡》《唐人街》《教父》和《低俗小说》背后，可以看到它的身影；在查利·考夫曼、迈克尔·阿姆特、迪亚波罗·科蒂等著名编剧的剧本中，也可以找到它发挥作用的痕迹，它是编剧自觉或不自觉地遵守的创作法则。

在好莱坞，有人被评价为对故事拥有某种敏锐的直觉，那么我要做的就是指引一条通往直觉的捷径。

业界的一些编剧理论家认为编剧方法应该是"描述性的（descriptive），而非规定性的（prescriptive）"。然而，在本书中，果壳编剧策略是规定成文的，是一种写作的技术规范。编剧在写作之前就应以它为基准，准备故事架构与逻辑顺序，或者直接将它作为工作表来创作故事，确保在创作剧本之前就要考虑它。接下来，确认在自己的故事里以果壳编剧策略的八大要素为基础架构，而果壳编剧策略的形式也会提供一种可视化的方法来检查这不可或缺的八大元素之间是否存在相互关联，并有效地推动故事运转。如果这些要素顺利建立关联，编剧就会了解这个故事的基础已经足够坚固与扎实。如果有些元素彼此之间没有联系或联系并不紧密，编剧也可以明白自己有的只是一个情境而非一个真正的故事，同时，他们也可以看到，根据果壳编剧策略，一个情境是如何重新组装成为一个真正的故事的。

但这并不等于说，果壳编剧策略会使故事更加相似或者更加程式化。相反地，它只会促进编剧将故事讲得更好、更有力。它会对编剧的工作有所推进，让他们笔下的故事变得更加不可预测与出人意料，更加令人满意。运用果壳编剧策略的编剧会发现，只需一个小小的结构——只要八大元素——他们就可以轻松地摆脱固有的束缚。从写作初始就设置一个合理的结构，可以帮助作者遵从真实的内心去写作，不再有任何束缚。果壳编剧策略有助于引导编剧讲述他们内心原本想要表述的那些故事。

你会发现美国发行的大部分故事片背后都会暗藏果壳编剧策略的结构特点。绝大多数电影结构都有我们所强调的八大元素。也许，果壳编剧策略的内核不会在100%的电影故事中存在，但是你也会发现，如果能有八大元素作为动力，它们似乎可以更加出色。

需要强调的是，本书并非市面上的那种综合性的编剧指南书籍，诸如剧本格式与对话、人物性格发展等内容，并不是本书的重点。我们关注的是那些更为重要和经常被误解的内容——如何组织剧本的结构，以讲述一个扣人心弦的、令人满意的完美故事。

掌握了果壳编剧策略，你就会拥有一件神秘而强大的利器，聚拢自身无所不在的潜力，最终完成一个精心设计的好故事。

传统的三幕剧本

在20世纪初，第一部电影长片诞生了，从那时起，好莱坞主流的电影结构就采用了三幕剧本。然而，第一本阐释三幕剧本模式的专著直到1979年才出版，它就是悉德·菲尔德的著作《电影剧本写作基础》。

如今，大多数编剧理论家都在借鉴、吸收与发展着三幕剧本的基本模式（虽然其中有一部分人声称他们的剧作为多幕剧，但在我看来，他们的理论与三幕剧本大同小异）。所以，本书也将从三幕模型开始，尽管对于一个健全的剧本结构而言，它略显单薄，但它依旧是电影剧本最坚实的基础。

三幕剧本的一般原则

大多数电影的时长为两个小时或者稍短一点，通常为110~120分钟。大多数剧本在110~120页，这并不是巧合。电影工业一直坚守一些古老的法则，比如剧本边缘的大片留白与陈旧的Courier字体——当剧本写作还在使用打字机输入的时代，Courier字体就已经开始流行，这个习惯一直保留到现在。因为，有人很早就意识到，规范剧本中的一页与银幕上的一分钟之间有一种近似的对应关系。所以我在本书中将剧本中的"一页"与电影中的"一分钟"视为等同，而且可以互换。

在三幕剧本中，第1幕大约30页，第2幕长约第一幕的两倍，60页左右，第3幕大约30页。

剧本的第1幕会向我们介绍影片主角和他们的世界，在第25页左右会出现转折点，此时故事的叙述方向将朝着出人意料的另一个方向转折。理论界有很多不同的术语形容这个转折点，大多数人认为，每一部电影（长片）剧本都需要一个强有力的事件来推动故事和主角进入具有象征意义的"新大陆"，即第2幕的内容。菲尔德称之为情节点1，我们会沿用这个名称。

通常意义上，故事真正开始于第2幕。主人公的生活已经被推向意想不到的方向，正如许多"老掉牙"的电影简介中讲的："困境接踵而至。"在第2幕中，主人公将面临一系列看似没有尽头的障碍。

第二幕结束于下一个转折点，通常在第85~90页，它将会使故事转向另一个方向，菲尔德称这个转折点为情节点2，它将推动故事和主角进入第3幕，即结局。第3幕的开始，大多数编剧都会将之定义为故事高潮，有时也被称为假结局，因为直到第3幕结束时，故事的矛盾才会被完美地解决。

大部分关于剧本结构的书籍都会提出三幕的划分方法。当进一步讨论电影剧本结构时，在售的编剧书籍通常分为三大阵营。

[5]

- 与菲尔德类似，对三幕剧的基本结构只有最低的门槛与要求，对于如何将一个情节发展为一个令人满意的故事，并没有展开叙述或提供方法。编剧在这种宽泛的框架中创作，经常会出现创作力不足的情况，通常自第2幕开始，他们的故事就逐渐失去了情节张力与持续的冲突。

- 有一部分书籍虽然有一些建议，但它们的理论从头到尾没有统一的核心原则。只是堆砌了很多不同的元素，这些元素可能在电影《卡萨布兰卡》与《唐人街》中存在，但并非每一个故事所必需的。如果创作者试图运用这些方法去创作，却没有一个对应的结构，往往难以下笔。

- 还有一些书籍会给你一把"万能钥匙"，即适合所有好莱坞电影的样板与规律，宣称有12条、15条或者22条必备步骤。正如你预料的那样，这些万能律往往会讲述相似的故事。电影《星球大战》也许会遵照这12个或者22个步骤完成叙事，显然更多的经典影片并不会老调重弹。如果有一些编剧使用这些方法去创作剧本，他们会对自己的剧本越来越不满意，甚至不想去看，直到最终放弃。也许有些编剧会坚持到最后，但仍然会迷惑不解：为什么好莱坞总是不接纳他们以及他们的剧本。也许他们会继续修改那些本来就不十分满意的剧本，或继续创作其他剧本，却永远不知道这些剧本出了什么问题，不了解真相如何。

　　但事实是这样的：我们可以从以上三种方法中选择其一，结果却还是不能学会如何讲好一个故事，这也是99%的新手编剧一直以来所做的事情。

　　到目前为止，还未有一本书可以阐释散落于三幕剧中的核心元素的相互依存关系，以及情节与主角性格弧线二者之间的相互交叉关系，而一个好的故事正是由这些"依存"与"交叉"促成的。

喜剧与悲剧

　　悉德·菲尔德从来没有这样做，其他人也没有，甚至我也几乎忽略掉了这样一种有益的方法，那就是把故事片剧本分为两类：喜剧与悲剧。

　　本书中所提及的喜剧、悲剧的含义，与电影类型并不完全相同，而是参考了亚里士多德的《诗学》中对于喜剧与悲剧的学术定义。2300多年前，亚里士多德在《诗学》中建构了西方美学理论。事实上，在移动影像发明前2200多年，亚里士多德就已经阐述了大部分的戏剧叙事理论，而之后的成千上万本关于叙事的著作所做的，只是在此基础上扩充了5%而已。

　　亚里士多德认为，在悲剧中，主人公命运的改变绝不是由逆境转入顺境，而是从顺境转入逆境，并且这种转变不是源于他的恶行，而是源于他的弱点[1]。

对于电影剧本来说，悲剧的特征如下。

> 主人公无法克服他们的弱点，而由顺境进入逆境，这也意味着，悲剧故事以悲惨结局为结尾。

喜剧在本质上与悲剧相反[2]。对于电影剧本来说，喜剧的特征如下。

> 主人公克服他们的弱点，并且学会弱点的反面，因此，主人公由逆境逐渐变好，这也意味着喜剧故事都有一个幸福的结尾。

故事与情境

正如我在前文中提到的，**99%**的新手编剧不会讲**故事**（story），他们的剧本只呈现一种**情境**（situation）。在这里我所说的情境是指亚里士多德所谓的**插曲**或**桥段**（episodic）。

在"简单的"情节与行动中，最糟的就是碎片化的情境。这些碎片化的情境彼此间不会有良好的关联[3]。

亚里士多德曾经如下定义更好的故事。

这些事件并非单纯的偶然，这样的情节一定是最佳选择[4]。

有人说，一个绝佳的角色就是一个好故事的开始，那么每一个故事都应该有它

---

1 概念源于亚里士多德，见《亚里士多德：诗学，朗吉努斯：论崇高，德米特里厄斯：论风格》（哈佛大学出版社，1939，47页）。关于"hamartia"（古希腊语：ἁμαρτία）一词的翻译一直以来存在着相当大的争议，本文译作"弱点"。不论原作用意如何，定义悲剧主角未来变化，源于自身性格弱点的由好及坏，已成为戏剧结构的标志。

2 《诗学》的第一部分集中探讨现存的悲剧，佚失的第二部分探讨喜剧。现存的《诗学》著作中，亚里士多德认为悲剧应以悲伤结尾，因为主角被自身的性格弱点所打败，喜剧应有幸福的结局（同上，48页），但他并没有提到喜剧中主角克服性格弱点。这是我们后人的一种推断，既然悲剧主角会被自身的性格弱点所困，而有一个悲伤的结局，那么喜剧主角应该会由于克服自身弱点而拥有一个幸福的结局。无论亚里士多德的原意如何，将戏剧分为喜剧与悲剧两种，已经成为戏剧结构的常识。

3 同注释1，37，39页。

4 同注释1，39页。

独一无二的角色，这些故事中的事件都应该凸显主人公的独特性格。

如果剧本中的主人公可以被随意置换，或者可以用一个完全不同的角色取而代之，又或者根据置换后的角色进行一些细微的调整，剧本就会呈现出新的状态，那么，这样的故事就是不真实的。

在经典影片《土拨鼠之日》（1993，又译《偷天情缘》）中，主角是气象播报员菲尔（比尔·默瑞饰演），我们可以设想用制片人丽塔（安迪·麦克道威尔饰演）替换菲尔成为片中主角。重申一下人物性格：她是匹兹堡电视台的新人，她性格和善、为人诚实，或许还有一点幼稚。我们设想一下，她到旁苏托尼小镇后的第二天，醒来发现土拨鼠日的活动又重新上演。此刻，她遇到了菲尔，而菲尔却并没有这些经历。菲尔与旁苏托尼小镇的所有人一起，都期待着一年一度土拨鼠日的来临。此刻，剧中主角丽塔是唯一一位将重复经历土拨鼠日的人。我们的剧本将跟随她的感受——她发现自己无限期地被困于土拨鼠日这一天，似乎永远无法跨越时间的魔咒，于是她试图寻找解脱的办法。

可以想象一下这样的版本吗？为区别于原著，我们将更换主角之后的故事称之为《丽塔的土拨鼠日》。让我们来思考与感受一下，《丽塔的土拨鼠日》与《土拨鼠之日》有何不同，孰优孰劣？

毫无疑问，它依赖巧妙的设定：如果一个人不得不无限期、循环往复地经历同一天，那会是什么样的境况？它绝不仅仅是一个充斥着无限可能的美妙的想象，也绝不仅仅只是一个故事。前提的核心是让丽塔作为主角，这一点仍然不能构建起一个故事，因此，《丽塔的土拨鼠日》只是一个情境，而非故事。

> 99%的非专业剧本均有与《丽塔的土拨鼠日》类似的问题——它们只是在描述一个情景，而非讲述一个故事。

专业剧本出现这种问题的比例也很高。为什么《土拨鼠之日》是一个真正的故事，而《丽塔的土拨鼠日》仅仅是一个情境呢？二者之间的区别究竟是什么？

答案在于，《丽塔的土拨鼠日》虽然有宏大的情节设置，却有着错误的主角。气象播报员菲尔担任主角并非偶然，只有他才能够成为影片真正的主角。

编剧有意创造一个角色，这个角色的核心弱点是自以为是。这部电影核心的奇思妙想在于时间停止前进，这对于那些以自我为中心的人而言是一个巨大的考验，同时也是一个完美的测试，一成不变的重复的日子会促使他最终有所改变。只为自己着想，最终会变得令人厌烦。随着时间的推移，他会发现：当一个人不得不面对现实时，唯一使生命变得有意义的方法就是为别人做些什么。剧本结尾，他发生了

180度大转变，由自私自利变为关心他人。上帝终于放手，2月2日土拨鼠日终于过去，新的一天2月3日终于来临。这才是一个完整的故事。

《丽塔的土拨鼠日》则不能称为故事。我们可能仅仅有一个奇思妙想的设定，却没有一位有"适当的弱点"的主角，把丽塔作为主角完全是一个随意的行为。如果要定义丽塔最大的弱点，那就是有些天真。对于同一天不断重复的核心情节而言，天真的弱点并不合适。在亚里士多德的喜剧理论中，主人公最终将克服他们的核心弱点，并拥有与这些弱点相对立的优点。如果丽塔是剧中的主人公，编剧应该希望她克服天真的弱点，并且学会其反面——智慧。我并不认为她可以从每日单调循环的枯燥生活中得到智慧。如果她过着重复的日子，她将迅速地搞清楚发生在她周边每一件事的来龙去脉。她的天真不会成为考验，对于她能否获得生活的智慧，丽塔应该有更好的情节来挑战她的弱点——某些迫使她不能只看事情表面的故事情节。它们不应该是每天醒来都是同一天，在同样的地点重复同样的事情，而应该是一些更接近她的性格特征的情节，比如，她每天早晨醒来都会发现自己处于一个完全不同的环境，甚至是完全不同的时代。这样的情节设置才可能会迫使她挑战自身的天真幼稚。

我们再来举个例子，电影《窈窕淑男》（1982）的影片主人公迈克尔·杜丝（达斯汀·霍夫曼饰演）是一名失业的演员，让我们来保持故事主角不变，只改变一些场景。在原本的故事中，主人公把自己伪装成女性，在肥皂剧中尝试扮演一个女性角色。我们现在将扮演女性角色替换成另外一种做法——扮演肥胖的男性角色，那么他需要一位化妆师朋友帮助他修饰身材：增加脸部、腹部、腿部的赘肉，使自己看起来像一个重达300斤的大胖子。

迈克尔将扮作一个身材肥硕的胖子去试镜，他也会得到这个角色。来看看接下来的剧情会怎样——他将遇到剧中的联合主演朱莉，并且迷上她，接下来，他们俩成为特别要好的朋友。这里只是将原来影片中朱莉的单身父亲爱上迈克尔，替换为守寡的母亲爱上了他，其余的情节保持不变。他不得不四处奔波，不停地穿上、脱下沉重的道具和肥大的衣服，可怜地保守着他真实身份的秘密。最终迈克尔逐渐厌恶了这样的日子，片中高潮之处是在直播现场，他扯下了脸上、身上填充的道具。为区别于影片原著，我们把修改过剧情的影片称为《大号杜丝先生》。

> 99%的业余剧本类似于《大号杜丝先生》——它们只讲述目前的状况，不是一个故事。

[9]

《大号杜丝先生》的故事发展如何？杜丝先生与大号杜丝先生都需要保守同样的身份秘密，而保守秘密本身就是喜剧，一个男人假扮成女人四处奔波通常滑稽可笑，同样地，一个瘦小的人假扮成胖子也会令人发笑。但是大号杜丝先生在故事情节塑造上是失败的。

对于《大号杜丝先生》而言，这次我们选对了主要角色，但是选错了场景。原版电影中迈克尔的问题在于他不尊重女性，假扮女性恰恰是对他性格弱点的考验，正是这一点成为本片故事的核心。而《大号杜丝先生》替换了故事的元素，我们把迈克尔·杜丝置身于随意设置的一种情境中，被迫增肥的情节设置对于角色本身的弱点而言毫无意义。如果我们改换角色，给他一个反对肥胖的倾向，《大号杜丝先生》的故事可能依旧可行。被迫假扮胖子对于瞧不起身体超重的人而言倒是一个很好的测试。

主角的核心性格弱点是剧本结构的必要组成部分。虽然一些书籍也可能谈到核心人物弱点的重要性问题，但就我所知目前并没有人提及主角的性格弧必须与情节中特殊的点有交集，为使剧本的故事真正像一个故事而努力，而不仅仅是描述一个情境。

> 如果你在这些关键点走错了，你的故事将沦为一个情境而非一个故事。

逆转

在常见的剧本中还存在另外一种非常普遍的问题，故事会因此错失机缘而使主人公表现不足。由于编剧忽略了一些故事中对主人公角色塑造的良机，主角失去了让观众感觉真实的令人记忆犹新的成长经历。这也是亚里士多德所说的"最好的情节当然是逆转，逆转就是情境朝着相反的方向发生变化"[5]。

亚里士多德将戏剧剧本内容分为两个部分：冲突与冲突的解决。冲突开始于剧本之初，终止于主人公境遇变化的前一刻。冲突的解决开始于主人公境遇开始变化之时，终止于剧终之时[6]。这种结构对于当代三幕剧而言相当普遍。如果将第1幕与第2幕合并，相当于亚里士多德的"冲突"（记住：我们的第2幕被描述为"困难接踵而来"）。众所周知，第3幕正是冲突的解决。

经典电影中都有一至两处主要的逆转。如果是亚里士多德所言的喜剧，应该有两处逆转。而在悲剧中，主人公会在第一次逆转时错失机会，这会成为直接导致下一次逆转出现的原因，而在下一次逆转时，主人公会从顺境走向逆境。我们将先讨

[10]

---

5 同注释1，41页。
6 同注释1，41页。

论亚里士多德喜剧的两种逆转情景，接下来再讨论悲剧中第一次逆转与转向逆境的第二次逆转。

> 大多数业余编剧错过了一些重要的机会，那些可以让观众感受到主人公经历了令人印象深刻的逆转的机会，正如所有经典电影中那样。

亚里士多德式的经典喜剧电影都会展示主人公两次逆转的经历，每一次逆转都发生于故事发展的特殊时间节点，这些时间节点和故事的冲突与冲突的解决之间存在关联。第一个逆转开始于主人公的第1场，终止于第2幕结束之时，即好运开始出现之时。在一部故事片中，好运开始出现之时的关键点正是悉德·菲尔德所谓的情节点2，处于这部影片的75%处。

在这次逆转中，主人公处于人生低谷，按照要求他要完成一个转变，就是他把曾在第一幕场景中想要达成的一个目标，在此时以完全背道而驰的想法实现，此刻，故事进行到影片的大概75%之时。举例如下。

- 电影《教父》是一部阐释亚里士多德式喜剧的学术典范，迈克尔·柯里昂出现的第一幕，他说他不愿意像父亲一样，不打算参与家族生意。但在故事进行到77%时发生了什么呢？他完成了一次逆转，维托·柯里昂任命迈克尔成为家族首领，成为第二任教父。
- 电影《低俗小说》中朱尔斯（塞缪尔·杰克逊饰演）在第1幕中试图阻止老板马沙被人愚弄。猜猜到影片的68%时发生了什么？马沙被泽德侮辱。

[11]

在电影进行至75%左右时，恰是马沙（文·瑞姆斯饰演）被侮辱之时。这正是逆转——完全相反——主人公朱尔斯（塞缪尔·杰克逊饰演）在第一个场景中的想法的相反面。《低俗小说》，1994年，米拉麦克斯影片公司。

亚里士多德式喜剧中主人公的第二次逆转在经典影片中也有呈现。正如亚里士多德所言的冲突的解决，第二次逆转始于主人公境遇转变的开始（此时第一次逆转结束，故事进程已经进行至75%左右），终止于他们的最后一场戏。

这次境遇的转变是主人公从剧情75%附近的人生低谷，转变为一般常见的大团圆结局。发生的境遇逆转是由逆境转入顺境，与此同时主人公发生了一些改变，核心的性格弱点被克服或者走向相反面。举例如下。

- 在影片《冰雪奇缘》中，妹妹安娜的核心性格弱点是自私。她人生的最低点，也就是故事进行至83%时，她的姐姐艾莎被当作怪物，几乎被杀死。安娜也几乎被冰冻晕厥，她宁愿放弃自救而选择试图去救艾莎的性命。在最后的场景中，她将备用雪橇拿给克里斯托夫，最终她有了180度的转变——由自私转向无私。

亚里士多德式悲剧，在经典电影中也有同样的体现，主人公会有两次令人印象深刻的逆转，在第一次逆转中失败，在第二次逆转中从顺境转向逆境。

与亚里士多德式喜剧类似，悲剧中的主角在第一次逆转时看起来不仅没有失败，而且实现了最初的目标，并在境遇改变之前获得了更多。这次境遇改变的开始正是菲尔德认为的"情节点2"，出现在故事发展至75%之处。与喜剧中主人公在此刻处于人生低谷不同的是，此时悲剧的主人公处于人生的成功之时，举例如下。

- 在影片《社交网络》的第一个场景中，主人公马克·扎克伯格想加入一个俱乐部，在剧情进展至84%之处时，他处于人生的最高点，已经成为一个俱乐部的CEO，并拥有了百万会员。

在经典电影中，尤其是悲剧电影，主人公的命运终止于人生最高点，一般在故事进展至75%之处。他们全部或者部分地实现了自己的目标。但是75%的节点也标志着一个转折点，意味着境遇变化的开始。亚里士多德说过，悲剧中这种境遇的变化是由顺境转入逆境，而且这一切是主人公性格的弱点带来的。来看下面这一部影片。

[12]

- 电影《日落大道》（1950）故事进展至75%之处，落寞的编剧乔·吉利斯处于最快乐的日子。他和贝蒂不仅处于热恋之中，而且正在谋划创作一个探究人生终极意义的新剧本。诺玛打电话给贝蒂，暗示自己与乔已有恋人关系。贝蒂让乔说明理由，告诉他宁愿当作这一切没有发生。但是乔玩世不恭的性格弱点占了上风，他残忍地强迫贝蒂听到关于他自己落魄现状的事实。当乔收拾行李准备离开诺玛之时，他发现真实的情况是，诺玛所看到那些来自狂热粉丝的来信都是由她的仆人代笔的，接着诺玛射杀了乔。

为了让悲剧的结局令人满意，悲剧主角不能总是身负所有的坏运气。他们的命运由顺境至逆境的转变主要归因于他们自身性格的弱点。同样在亚里士多德式喜剧中，主人公以由逆境转入顺境为结局，很大程度上源于他们克服了自身的性格弱点。

逆转是强大的戏剧工具，也是伟大的剧本所必需的。

现在，既然我们已经讨论过故事的基础和主人公应该经历的转变的类型，那么现在就到了运用亚里士多德智慧的时候啦！

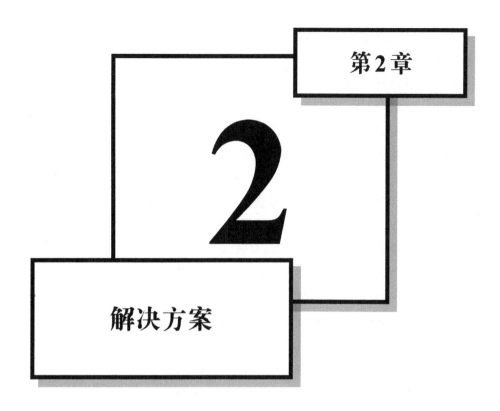

第 2 章

2

解决方案

果壳编剧策略：新范式

果壳编剧策略诞生于我的工作室与咨询会议中，它是为了给与我一起工作的编剧同事提供便捷而创造与总结的一套理论。在形式上它是一系列示意图表，要求编剧识别剧本中需要确定的主要角色与故事必需的八大元素。示意图会在一页之内向大家展示出所有的元素，最重要的是，可以让编剧直观地识别各元素之间的互相依存的重要关系，验证各元素是否正常运转。如果答案是肯定的，就意味着消除了 99% 的业余剧本中长期存在的问题。

果壳编剧策略描述了故事最重要、最核心的部分，几乎所有经典剧本都应具备这些元素，并重视它们彼此间互相关联的关系（尽管并非所有的经典电影剧本都是如此）。

在接下来的章节中，我将详细地阐释八个元素以及各元素之间的关系。在本书中我将用大写字母标出故事的八个元素中的每一个，例如"**弱点**"[1]。本书的最后一部分也就是第四部分"果壳电影"由果壳电影策略图组成，包括对 30 部著名且值

---

1 本书英文版中八个元素用大写字母标识，翻译成中文后以加引号的方式来标识——译者注。

得反复回味的电影的果壳元素分析，以英语片名的首字母排序。本书中所讨论的电影案例中所呈现出的果壳编剧策略中的元素，请参考第四部分与引用注释，我将用下划线在文中标识（例如：迈克尔·柯里昂的弱点是<u>天真</u>）。出现这种标识时，应该同时参看第四部分，找到相对应的图表中的各个元素，对应来看这些元素是如何与整个故事结构动态配合的。如果我探讨的是理论上的或错误陈述的元素，也会将这些内容标注在引号内（例如：影片《朱诺》的"**需求**"可能是"搞清楚去做什么"）。

图表有两种不同的样式：其一是亚里士多德式喜剧，其二是亚里士多德式悲剧。亚里士多德式喜剧的果壳策略图请参见下页。

这幅图表概括了果壳编剧策略如何巧妙应用亚里士多德式喜剧理论：

在主角的第一个对话场景中，他们将建立"**需求**"（set-up want）。主角可能会有多个想要达成的事情，但是"需求"必须是一件具体且特殊的事情，它令主角到达"**转折点**"（the point of no return），这里我引用了悉德·菲尔德所称的情节点1，这推动主角进入第2幕，扭转故事的走向，朝着一个新的方向发展。

在"**转折点**"，主人公将会得到他们想要的东西，即在第一个对话场景的"需求"，同时也伴随着他们不想要的"**陷阱**"（the catch），这个"**陷阱**"恰恰是对主角"**弱点**"（the flaw）的最完美的测试。

"**转折点**"应该发生于电影故事进行到25%处时或者剧本对应页（一部120分钟电影的第30分钟或者120页剧本的第30页），同时出现的"**陷阱**"所造成的影响也应该让观众有所察觉。

在亚里士多德式喜剧的第2幕，主人公将发现他们的命运越来越晦暗，直到剧情发展至75%左右时达到他们人生的最低谷，此时也应该是剧本相对应之页（120分钟电影的1小时30分或者120页剧本的第90页）。悉德·菲尔德将这个时刻称为情节点2。由于这一时刻在喜剧中是主角人生的最低谷，我用"**危机**"（the crisis）来形容它，它既是主角的人生低谷，也是与第1幕中主人公的"需求"完全相反的情景。

当主角进入第3幕时，他们将会做出一个重大决定，这就是"**重大抉择**"（the climactic choice）。在亚里士多德式喜剧中，"**重大抉择**"是主人公远离"**弱点**"并朝着相反面"**力量**"（strength）前进的一步。这是朝着积极的方向迈出的一步，然而这一步并不能为喜剧主角带来一个皆大欢喜的结局。

[16]　　　在主角的最后一个场景中，他们将朝着更加远离"**弱点**"的方向运动，朝着"**力量**"的方向迈出"**最后一步**"（the final step）。这个朝着积极方向的举动才会为主角带来一个幸福的结局，这也正是亚里士多德式喜剧中常见的情形。

果壳策略图：喜剧

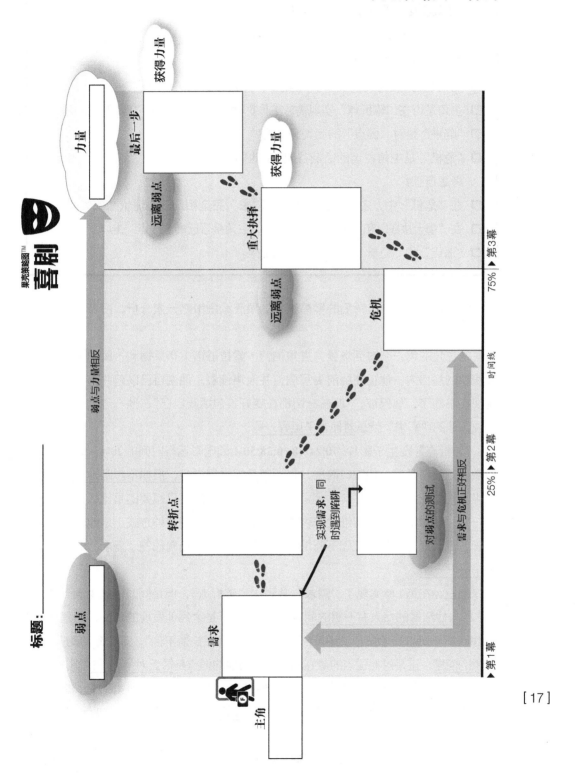

果壳编剧策略要素清单：喜剧

以下是果壳编剧策略关于喜剧的要素清单。要想正确地建构一个故事，以下各项必须存在且真实有效。

☐ 主角是否立即实现他们的"需求"，并直接进入"转折点"？

☐ 主角是否在"转折点"实现需求的同时也遇到了他们并不想要的"陷阱"？

☐ "陷阱"是对"弱点"的完美测试吗？

☐ "危机"是主角命运的最低谷吗？（他们是否身在监狱里，或者正逢绝境，考虑自杀？）

☐ 在"危机"中，主角是否处于与"需求"完全相反的心理状态或情况？

☐ 在"重大抉择"和"最后一步"之处，主角是否远离"弱点"走向"力量"？

☐ "弱点"和"力量"是否互为相反面？

以下是影片《乌云背后的幸福线》的果壳编剧策略元素分析，图表请参阅本书第四部分。

在主角的第一个对话场景，主角帕特·索拉塔诺（布莱德利·库珀饰演）在精神病院的病房内。他正在给前妻写信，并大声读着。他说自己以前并不喜欢她，但是现在不同了，他保证。"现在一切都在变好，包括我自己"，他一边读，一边对自己说。他的"需求"就是<u>对他妻子更好一些</u>。

"转折点"发生于影片的0:24:48~0:28:50（即电影运行时间的20%~24%之处），他被介绍给蒂凡妮。他脱口而出，<u>告诉蒂凡妮她很漂亮，但他不想跟她谈恋爱</u>。接下来我们将标识出"转折点"。他已经在第1幕中明确自己想要的是什么：<u>对妻子更好一些</u>。他对蒂凡妮的恭维之辞表达的是他的赞赏，而这种方式正是他对待妻子的正确方式。通过他与蒂凡妮不断地一起练舞，他正在走向他的"需求"的方向：<u>对妻子更好一些</u>。

他已经在第1幕实现了"需求"并到达"转折点"，但是同时，他也遇到了"陷阱"：<u>与他练舞的女人有严重的问题</u>。"陷阱"不是之后他发现的事情，而是伴随着"转折点"出现的。此刻，他在信中写道：她"社交技能不佳"，是"刻薄的"。<u>她有严重的问题</u>，正是对他弱点的最好测试，因为他的弱点是<u>缺乏对情绪的控制</u>。

"转折点"标志着第1幕的结束，帕特的首要障碍将贯穿第2幕，成为"陷阱"和"弱点"，"陷阱"即蒂凡妮<u>有严重的问题</u>，"弱点"为<u>缺乏对情绪的控制</u>。

《乌云背后的幸福线》是一部典型的亚里士多德式喜剧，这意味着在这个故事中主人公将会发生 180 度转变，学会"弱点"的相反面技能，获得一种新的"力量"，最终通常以大团圆为结局。这也意味着在第 2 幕的结束之处主人公将处于"危机"之中，这是他人生的最低点，也是他"需求"的相反面。帕特在电影的 1:33:04-1:34:29 时（电影叙事的 76% 处）到达"危机"位置。帕特拒绝了做蒂凡妮舞伴的要求。她告诉他，他没能成为一个更好的人。这句话使他意识到蒂凡妮伪造了回信，她这样做是因为她在意帕特，并且他忽然明白自己<u>不再那么在意"对妻子更好一些"的要求</u>。在这个"危机"关头，他处于第 1 幕的"需求"的相反面："对妻子更好一些"。

　　亚里士多德式喜剧中"重大抉择"是主人公远离自己的"弱点"，朝着"力量"前进的一步。当蒂凡妮难过地看到帕特的妻子出现在舞林大会的比赛现场时，她感到无助与失望至极，甚至临阵退缩，帕特做出的"重大抉择"是<u>参加比赛并坚持表演至结束</u>。这是与缺乏对情绪的控制的"弱点"<u>渐行渐远的变化，并朝着学会控制自己情绪</u>的"力量"方向发展。按照亚里士多德式喜剧理论，主人公在"最后一步"将继续朝着远离"弱点"并获得"力量"的方向前进，这是电影的最后一个主要场景。帕特的"最后一步"是他<u>追赶逃跑的蒂凡妮，并递给她一封自己一周前已经写好的信</u>，信中写着"在遇到你的第一秒，我就爱上了你"。帕特最终获得了<u>掌控自己情绪</u>的"力量"。

　　悲剧的果壳策略图如下页所示。概括来看，果壳编剧策略在悲剧中是这样表现的。

　　在第 1 个对话场景中，主人公将建立他们的"需求"。主人公可能会有多个需求，但是这个"需求"是一件最特殊的事情，它会在"转折点"推动主人公进入第 2 幕，并使故事的发展朝着一个新的方向推进。

　　"转折点"为主人公带来他们想要的结果，即第 1 幕中他们的"需求"，同时伴随着他们不愿意面对的事情，即"陷阱"。"陷阱"是对主人公"弱点"的最佳考验。

　　"转折点"应该与"陷阱"相伴发生并受其影响，时间点在电影故事的 25% 之处，或者剧本的相应位置（120 分钟电影剧本的 0:30:00 或者 120 页剧本的第 30 页）。

　　在悲剧的第 2 幕，主人公将发现他们的未来向越来越好发展，直到他们到达人生的最高点，此时电影故事进展至 75% 处，或剧本的相应位置（120 分钟电影的 1:30:00 处或 120 页剧本的第 90 页）。悉德·菲尔德称这一时刻为情景点 2。在悲剧中我将这一时刻称为**"胜利"**（the triumph），它既是主角人生的最高点，也是第 1 个场景"需求"的终极体现。

　　当第 3 幕开始之时，主人公将做出一个重大决定，这就是"重大抉择"。在悲剧中，"重大抉择"并不会让主人公向着"力量"的方向前进，而是朝"弱点"的方向发展。这是迈向消极方向的一步，将带给悲剧人物典型的悲剧性结局。

　　在他们的最后一个场景即"最后一步"中，主人公将再一次失去向着"力量"方

果壳策略图：悲剧

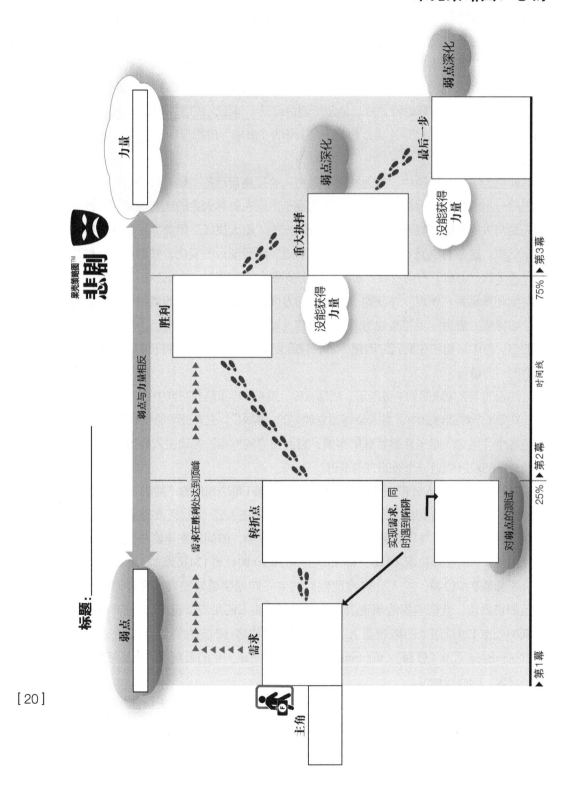

果壳策略图™
悲剧

标题：＿＿＿＿＿＿

弱点

力量

弱点与力量相反

需求在胜利处达到顶峰

转折点

胜利

重大抉择

弱点深化

弱点深化

没能获得
力量

没能获得
力量

最后一步

实现需求，同
时遇到陷阱

对弱点的测试

主角

第1幕 ▲　25% ▶ 第2幕　时间线　75% ▶ 第3幕

向前进的机会，而朝着"弱点"更进一步。这是消极方向的又一步，暗示着主人公的某种命运故事的，结局通常是令人悲伤的。

果壳编剧策略要素清单：悲剧

以下是果壳编剧策略关于悲剧要素的清单。要想正确地构建一个故事，以下各项必须存在且真实有效。

☐ 主角是否立即实现他们的"需求"，并直接进入"转折点"？

☐ 主角是否于"转折点"实现需求的同时得到他们所不想要的"陷阱"？

☐ "陷阱"是对"弱点"的完美测试吗？

☐ "胜利"是主角命运的最高点吗？

☐ 在"胜利"处，主角是否获得"需求"的终极体现？

☐ 在"重大抉择"和"最后一步"之处，主角是否失去了获得"力量"的机会，而向着"弱点"更进一步？

☐ "弱点"与"力量"是否互为相反面？

下面请看在电影《社交网络》中果壳编剧策略元素是如何发挥作用的（具体图表请参考第四部分的补充内容）。

在男主角第一次对话的场景中，马克·扎克伯格（杰西·艾森伯格饰演）正在与女友艾瑞卡讨论他们的愿望——加入哈佛高级俱乐部，在同一场对话场景中，艾瑞卡几次打断他。他的"需求"是加入高级俱乐部。

在电影0:22:21-0:27:29处（影片进行至18%~23%时），主角处于"转折点"，并确定了自己的"需求"：在高级俱乐部，他得到了Facebook的灵感。温克莱沃斯兄弟是哈佛高级俱乐部之一——珀斯廉俱乐部的成员，在挂着自行车的房间——哈佛最独特的高级俱乐部中，温克莱沃斯兄弟邀请主角为哈佛社交网站编写程序。结合Facemash的主意，他受到了激励并创造了Facebook。当他遇到这对双胞胎兄弟，与他们一起走入挂着自行车的高级俱乐部房间的那一刻，马克实现了他的"需求"，真正加入高级俱乐部，与此同时，创建Facebook计划也浮现在他的脑海。"它就像一个终极俱乐部，"他告诉他最好的朋友——未来的合伙人爱德华多，"不同的是，我们是俱乐部主席"。这里，"陷阱"是他的Facebook计划与温克莱沃斯兄弟的网站看起来非常相似，他的最致命的"弱点"是骄傲自大。他认为自己是一个天才程序员，并且他的才能远远超越温克莱沃斯兄弟，可以轻易地得到自己想要的任何东西。

《社交网络》是典型的亚里士多德式悲剧，在第2幕的结尾处，男主角将达到他的"胜利"——人生的最高点，同时"需求"也得到终极体现。马克的"胜利"是在

1:41:10－1:41:15 处（电影的**84%**位置）：<u>他成为自己创立的终极俱乐部Facebook的</u>**CEO**，<u>在这个俱乐部拥有了100万用户之时</u>，Facebook举办了庆功宴会。他超越了自己的"需求"——<u>加入高级俱乐部</u>，实现了更有野心的需求。

"重大抉择"在亚里士多德式悲剧中是主角第一次远离"弱点"（<u>骄傲自大</u>）朝着"力量"（谦逊）前进失败的经历。马克"重大抉择"是<u>在新一轮投资中欺骗了</u><u>他最好的朋友</u>。"最后一步"是电影的最后一个场景，是一次远离"弱点"（骄傲自大）朝着"力量"（谦逊）前进的更加失败经历：<u>他打开Facebook中前女友艾瑞</u><u>卡——在第一个场景中曾出现——的主页，犹豫再三是否点击申请自己作为新朋</u><u>友加入</u>，徒劳地对她是否会接受自己的申请心存一丝希望。他并没有获得"力量"（谦逊）。

　　编剧笔下的故事应该遵循这些规律，每一步都需要在观众意料之外。我已经总结了各式各样的电影，并在第四部分列出。这些充满活力的元素使电影充满变数，变得更加精彩。果壳编剧策略将会助你发现那些之前也许你没意识到或者没有重视的戏剧的重要意义，它会推动你找到方向，实际上是减少不必要的可能性。它将确保你所讲述的故事是为你笔下的主角量身订制的故事，而不仅仅是一种情境。

第二部分

2

果壳编剧策略的流程

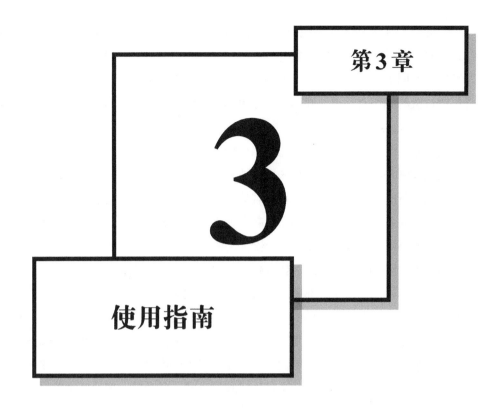

第3章

3

使用指南

　　学会果壳编剧策略并不容易。对我而言，在一些著名影片案例中展示它们巧妙地推动故事发展是一回事。然而，在实践中真正让它服务于你的故事是另一回事。

　　在后面的每一章开头，都有一处"本章讨论的果壳式电影"清单，我将尽量选择一些耳熟能详的经典影片供大家分析。读者在阅读本书时，可能想观看或者回顾这些经典电影，并且尝试着用果壳编剧策略来分析它们，看能否识别出果壳策略图中的部分或者全部八个动态要素。本书的第四部分，即本书最后一章——果壳编剧策略图——可能有助于大家理顺思路，那里有30部电影的所有果壳要素，并按电影片名的英文字母顺序排序，请参考它们，并与你的答案相比较，相信你会有所收获。为满足创作者的需求，我也将展示这些元素之间的内部关系图。如果找不到相关影片，你可以跳过这一部影片，直接找到你可以观看的那一部影片来研读。我简单提及的影片，有可能不包括在第四部分中，用"非果壳式电影"来标识。

　　果壳编剧策略需要不断练习。在我的工作室，每周我都会挑选一部电影与编剧们观看并讨论，然后大家会以果壳电影策略图来展示影片的各个要素。在此，我建议有兴趣的编剧朋友们尝试着把你看过的每一部影片都用果壳编剧策略图来概括与分析一下，当然也包括那些并没有囊括在本书中的影片。

　　特别值得一提的是，在剧情进展至25%（120分钟电影的0:30:00处）时，就到了"转折点"，并且"陷阱"也应该伴随发生。另一个关键时间点是剧情进展至75%（120分钟电影的1:30:00处）时，此刻主角也大致应该达到"危机"（喜剧）或者"胜利"（悲剧）之处。对于"果壳编剧策略"一书中的第四部分，我已经标明这两处关键位置的确切时间点，同样，也标出了它们所占故事运行时间的百分比。当你阅读本书时，还会发现更多识别这些元素及时间节点的提示。

接下来，就可以运用果壳编剧策略分析你自己的剧本啦！最简单、直接的方式就是当剧本刚开始构思，故事还未成形或者剧本一字未写之时，用果壳编剧策略分列出八大必备的重要元素，以一种直观的方式呈现出来，用以检查这种重要节点之间是否相互联系，并且彼此协调。比起在剧本写作中进行检查（发现某一个或者几个要素不太协调时，再弥补），这样显然简单得多，毕竟这些要素都在一页纸上，想想在120页剧本完成以后再修改这些要素，那岂不是一个浩大繁杂的工程？

八大元素中的每一个，你可能都会写上一段或者更多文字，但是请注意，一定要努力精减字数，以填满我们所提供的方框为宜。没有必要多于一个陈述句，有时一个词就已足够。我们要学会强迫自己用词精简明确。你应该把这八个故事元素隔离开来，埋伏在所有的情节细节之下。果壳编剧策略不是用来设计与表达每一个故事的细节的工具。而是如同一个个珍珠串起来形成一条项链一般，八个关键元素共同形成故事主线，形成一个故事最基础的部分。果壳编剧策略图可以将所有要素浓缩于一页中，便捷地验证彼此之间的关系以及它们是否起作用，这样就可以清楚地了解剧本结构是否合理有效。

使用果壳编剧策略图会有令人意想不到的效果，令人欣喜若狂。许多编剧在写到"转折点"或者主角的"弱点"时就会真正体会到创作顺畅的感觉。从开始构思故事之时动笔吧！写作是一个宏大的工程，一段真正的发现之旅，投入其中就像走入婚姻殿堂一般神圣。故事的"陷阱"是否测试了主角的"弱点"？如果答案是否定的，那么我们更愿意修改哪个元素，"陷阱"还是"弱点"？如何才能让笔下的故事更精彩?

对于本书中我们所讨论的所有电影，都假定所参考的对应剧本（最终稿）与呈现在电影银幕上的电影一致，我们在这里忽略掉其他可能存在的各个版本。电影制作人最终在上映的版本里决定了什么时间发生什么事情，因此电影本身是我们最佳的参考。如非特殊标明，我引用的对话均源于实际上映的电影，而非剧本。

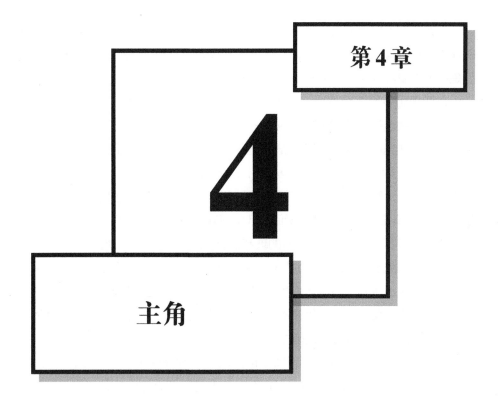

第4章

4

主角

本章讨论的果壳式电影

《谍影重重》（*The Bourne Identity*, 2002）

《阳光小美女》（*Little Miss Sunshine*, 2006）

《第六感》（*The Sixth Sense*, 1999）

《泰坦尼克号》（*Titanic*, 1997）

《非常嫌疑犯》（*The Usual Suspects*, 1995）

使用果壳编剧策略，首先必须确定一个主角。即使在《虎豹小霸王》（*Butch Cassidy and the Sundance Kid*，1969，非果壳式电影）和《寻堡奇遇》（*Harold and Kumar Go to White Castle*，2003，非果壳式电影）这样并不是典型的果壳式的电影中，也只有一个人物角色是名义上的主角——无论从编剧的角度来看，还是观众的角度来看，均是如此。将一个人物定义为主角，原因在于观众可能在潜意识中将他作为"假想好友"，他们只能在整个故事情节中完全和真实地认同一个角色。当然，观众也有可能在故事发展的某个时刻对主角以外的某个人物产生共鸣，但是最终只能有一个人物完全符合观众的道德标准（在一部悲剧电影中，只能有一个人物与观众的道德标准背道而驰）。

那么在并不显而易见的情况下，如何定义成谁是主角呢？大多数电影编剧创作的理论家将主角定义成这样一个人物：他推动故事发展，并做出大部分艰难的选择。但是在果壳编剧策略中，主角是由人物与"弱点"的关系确定的。

在亚里士多德式喜剧中，主人公是这样的人：他一定会以最核心的性格"弱点"为基础做出最显著的改变，他会一步步学会"弱点"的相反面，最终获得"力量"——正如哈罗德所做的那样，最终他发现自己可能为被欺负的同事鼓起勇气出面，并且与漂亮的女邻居约会（顺便提一下，续集的主角是库尔玛）。在悲剧中，主角是另外一个样子，他明显地无法改变自己的"弱点"，因此最终他不能获得潜在的"力量"，正如布奇宣布："就在那一瞬间，我觉得我们遇到麻烦了。"事实是就在那一刻，他带领两个手下冲入一支百人左右的玻利维亚士兵队伍，大干一场。

对于有些故事而言，识别主角更容易一些。比如洛奇·巴尔博正是《洛奇》（非果壳式电影）的主角，杰森·伯恩（马特·达蒙饰演）是《谍影重重》的主角。但是在《阳光小美女》中，主角并不是6岁的奥莉芙（阿比吉尔·布莱斯林饰演），这个小女孩只是去参加阳光小美女的选美竞赛而已。

未成年的孩子通常不是典型的故事主角，因为主角的核心——实际上故事的核心也是如此——是主角的性格"弱点"以及他是否拥有克服这种"弱点"的能力。一般情况下，孩子的性格中并没有什么主要的"弱点"是需要去克服的。在观众眼中，孩子是最纯洁无邪的人。因此观众心理上认定奥莉芙没有任何错误需要改正，那么她也就不必获得"力量"。她只是一个小女孩，只不过是将社会上那些关于"美"的不健康意识内化于心，想要去赢得比赛而已。

影片中需要的是她身边的成年人，尤其是她的父亲理查德（格雷戈·金尼尔饰演），由他去让那些不健康的影响在奥莉芙身上显露出来。事实上，奥莉芙并不漂亮，也不具备在选美比赛中一鸣惊人的才艺。如果她的父亲不干预，残酷的现实将不断地令她感到羞辱。理查德才是剧本故事真正的主角，因为他有一个最大的"弱点"需要去克服，那就是"肤浅"。最有代表性的就是他肤浅的世界观，简单地认为只有输和赢两种人，并且这种观点已经影响到她的女儿。对于奥莉芙来说，大多数人把她归为一个失败者，这会给她带来深深的伤害与痛苦，而对于这一点，她的父亲理查德应该承担最大的责任。因此，理查德，而不是奥莉芙，才是那个需要改变和学习的人，他应该认识到那种只以成败论英雄的世界观不仅荒谬可笑且贻害无穷，且伤害最深的是自己以及身边的亲人。

[28]

既然我已经提示过，孩子通常不会是主角，那么作为编剧，我们应该不会再犯类似的错误了。工作室的编剧们以前常常会误入这样的歧途，有人会认定《第六感》中，9岁的科尔是主角，这当然是一个可以理解的错误。科尔只是一个有"第六感"的角色而已，也就是说，他拥有看到鬼魂的能力。在影片最后一次逆转前，表面上科尔是唯一有问题的人，是故事的核心。他因为能看到鬼魂而被深深困扰，所以找到了儿童心理学家马尔克姆·克洛博士（布鲁斯·威利斯饰演）。

但是，正如我们可以猜到的，马尔克姆才是《第六感》真正的主角，在喜剧中，主角将经历一次脱胎换骨式的改变，他的"弱点"将被完全克服，他完成一个180度的转变，走向"弱点"的反面并获得"力量"。是的，《第六感》正是典型的亚里士多德式喜剧。在结尾处，有点小小的悲伤，马尔克姆在电影伊始已死于枪击，但我们会明显地意识到他现在比之前有了明显的变化，他变得好了许多。假如他没有遇到科尔，马尔克姆会像幽灵一样四处漫游，萦绕在他寡居的妻子周围，使她始终无法相信他已经死去，他也会一直困扰于只是去照顾病人而忽视自己，这也是夫妻二人不能再进行任何沟通的原因，从这个角度来看，这似乎是一个悲剧。但是因为他遇到了科尔，并帮助科尔克服了他的恶魔，马尔克姆的故事成了一个喜剧。马尔克姆是能够克服他的"弱点"——对自己缺乏信心——获得"力量"，这个"力量"就是相信自己。他做的每一件事都是尽自己所能为他的病人着想，并且他也一直重视妻子，并未因工作而在心里忽视她。如今马尔克姆可以看到这一切，也能第一次看到真相：他其实是一个鬼魂。他最终能够知道自己在世时已经竭尽所能，平和地离开妻子，而她也将不会再受到困扰，能够放下过去的悲伤，开始她的新生活。

当然，科尔也有进步与改变，他从马尔克姆身上学会了不再害怕鬼魂。在结局处，学会了与身边各式各样的鬼魂共处而不再有任何痛苦与困窘，他比原来更快乐、更能适应环境。马尔克姆的变化更加意义深远（而在悲剧中，则是令人哀伤的改变失败）。

在亚里士多德式喜剧电影《泰坦尼克号》中，主角是罗斯（凯特·温斯莱特饰演）。没错，这部影片采用了一种喜剧结构！尽管杰克（莱昂纳多·迪卡普里奥饰演）最终死去，罗斯在结尾却获得了勇气这一"力量"，她完全改变了自己的生命轨迹。杰克的故事看起来似乎是一个悲剧，但他并不是主角，他的"弱点"并没有击倒自己。亚里士多德式悲剧中要有一个改变自己的机会，这个机会应该直面人物内心，并且是人物自身能掌控的。杰克的故事并不是这些，泰坦尼克号的沉没并不能由他来掌控。

当然，巨轮的沉没是任何人都无法预料的，但沉船与杰克的死亡为罗斯的人生带来了某些改变，它像一束光照进她的人生，这种改变是她可以控制的，也正是她渴望的那种改变。从这样的经历来看，罗斯获得了掌控自己命运的"力量"；如果她在这场考验中生存下来，她的人生就会与以前完全不同。杰克在电影故事中恰恰就像一颗带有戏剧因素的棋子，正是他在故事中戏剧性地带领罗斯实现了转变，帮助罗斯获得勇气这一"力量"。

顺便说一下，大约95%的电影，无论优劣都符合亚里士多德式喜剧理论。甚至

[29]

好莱坞大片《泰坦尼克号》这样的故事都要采用喜剧结构。观众不想仅仅看沉没的巨轮。但这并不意味着悲剧结构的电影不能成功，只是很少影片去尝试这种结构，更少有人愿意去创作悲剧结构。

影片《非常嫌疑犯》作为一个个案被重点分析，是因为它是一部特殊的电影，在这部电影中，有多个重要的人物，每个人物平均分配大致相当的故事情节与屏幕时间。观众在观看时可能会感觉它并没有一个特定的主角，且效果并不差。实际上《非常嫌疑犯》确实有一个主角，那么他是谁呢?

谁是主角?（提示：以上都不是。）《非常嫌疑人》，1995年，罗斯科电影有限公司、坏帽子哈利制片公司。

我曾经在工作室提出相同的问题，大多数编剧都认定主角是罗杰·金特（凯文·史派西饰演），因为他是电影中讲述嵌套故事的人。当然他是一个十分重要的角色，不仅在嵌套故事的结构中如此，在电影叙述主线中，他也是警察局试图查清的大船爆炸案中唯一的幸存者。

在结尾处，海关探员意识到罗杰设计了整个故事，此时罗杰早已坐入等候多时的汽车中溜之大吉。罗杰有一个好结局，这似乎暗示着他是主角更符合亚里士多德式喜剧规律。但是仔细研究亚里士多德式喜剧理论就会发现，故事主角拥有幸福结局至少部分是因为他们的能力的改善，从性格的核心"弱点"发展至它的反面，获得相应的某种"能力"。而罗杰并没有经历这种变化，他机智巧妙且信心满满地从警察眼皮底下逃脱，以智取胜且毫发无损，他在影片中一直延续这种性格，从未改变。因此，他并不是故事主角。

工作室中也有编剧认为主角的另一个候选人是迪恩·基顿（加布里埃尔·伯恩饰演）。他的故事可能最能激起观众的好奇心。他是一个原先有劣迹的警察，如今试图改过自新，重新做人。在影片中他被拉回罪犯世界，当他加入罗杰和其他三人的犯罪团伙时，他经常被怀疑有第三个身份，也就是凯撒·索泽，而根据罗杰的描述，凯撒·索泽是一个犯罪集团的传奇人物。

迪恩·基顿是主角吗？问题在于电影观众从影片获取的他的信息很少。他的故事是罗杰转述的，我们在最后才发现罗杰编造了这个故事。大卫·库科（查兹·帕明特里饰演）一直在询问罗杰，因为他在迪恩·基顿之后入职，因此故事中的迪恩·基顿确实存在。但是任何经过罗杰转述的事情——即整个嵌套故事——更像是他天才的想象力的产物。因此，我们无法知晓迪恩·基顿的命运如何，故而也不可能知晓他是否存在"弱点"或者有所改变，因此他也不是主角。

现在我们应该可以猜到主角就是海关探员大卫·库科。对！他才是真正的主角。关于罗杰编造了整个故事这件事，他明白得太晚，以至于让罗杰这个犯罪主谋逃之夭夭。他的结局是悲哀的，因此他是一个悲剧角色。在悲剧中，主角并未顺利地经历从克服性格"弱点"到获得"力量"的过程，他的"弱点"就是他的傲慢，这使他忽视了细节，不仅没有识破罗杰编造的故事，还令他从容地将房间中的事物夸大成为一个荒诞的故事。

指定唯一主角会使故事结构更加简单，特别是当我们作为编剧正在构思如何撰写"假想好友"或主角的某一个场景之时。当然也可以创作多个人物，他们每一个都特别重要，但是只能有一个人满足作为主角的所有要求，他要为我们所创作的故事服务，要满足果壳要素的所有内部联系。观众不需要了解为何这个人物是主角，而那个不是，只要接受整个故事就足够了。指定单独且唯一的主角，这样做对于编剧创作大有好处。

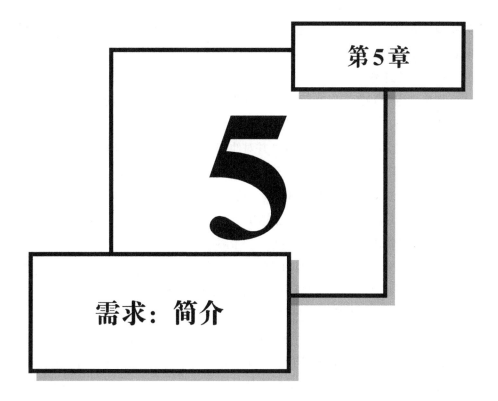

第 5 章

5

需求：简介

"需求"：

● 是主人公在第一个场景中想要达成的目标之一。

● 它必须在"转折点"实现，同时他们也会遇到一些他们并不想要的，即"陷阱"。

● 在喜剧中必须与"危机"相反，在悲剧中"胜利"是其终极体现。

本章中讨论的果壳式电影有

《逃离德黑兰》（*Argo*, 2012）

《日落大道》（*Sunset Blvd*, 1950）

《土拨鼠之日》（*Groundhog Day*, 1993）

"需求"是指主角想要完成的梦想之一——仅仅是之一，而非全部，它不一定是主角最想要完成的事情与愿望，甚至不一定是他所有行动的源动力。只是一个想法，有时只是主角想要实现的一个特别小的愿望。

我们将发现"需求"一般都出现于主角的第一场戏。有时主角会将这个设想用言语表达出来，有时却不会。我们笔下的主角必须将他们的"需求"在"转折点"

处实现，剧中人物将会得到这些"想要的"事物或者实现他们的"梦想"，同时也伴随着一些他们并不想接受的事实，而这些不受主角欢迎的事物正是"陷阱"。

在影片《逃离德黑兰》中，主角托尼·门德斯的"需求"是什么呢？

故事发生于1979年，在伊朗革命胜利前夕，6名美国人逃出被民众包围的美国驻伊朗大使馆，藏身于加拿大使馆。伊朗民众发现这6名美国人失踪只是时间问题，到时他们一定会找到这6名美国人，并对他们执行死刑。美国政府想要以非官方的方式拯救这6名陷于绝境的美国人，于是找到托尼·门德斯（本·阿弗莱克饰演）听取他们的打算，托尼是美国中央情报局"伪装专家"（负责逃脱与营救）。但是托尼指出，政府的计划漏洞百出，根本无法实现。

托尼的"需求"是把6名美国人全部带离伊朗。

在"转折点"，他得到了他想要的：电视上正在播放《人猿星球》，他想到了一个逃离计划，该计划将宣称他们为一部科幻电影去伊朗考察。这里存在着一个"陷阱"：他们看起来要像真正拍一部电影那样，并且要在一夜之间完成准备工作。

影片《日落大道》的主角乔·吉利斯的"需求"是什么？

穿着浴袍的乔（威廉·霍尔登饰演）敲击着打字机。画外音告诉我们，他是一位写过几部B级电影的编剧，如今已有很长一段时间不为大制片厂写电影剧本了。他的剧本发出去后总是没有回音，没有人愿意买他的原创剧本。这时，门铃响起，两位财务公司的员工走进来，他们要收回乔的汽车。画外音再次告诉我们，他急需200美元还账，否则他的车就会被没收。

乔的"需求"是一份编剧工作。

他在"转折点"实现他的"需求"：他的汽车在默片电影明星豪宅门前抛锚，她决定雇用他为自己重新量身打造一个新剧本，以便使她回归银幕。"陷阱"是这个剧本写起来并不容易，并且她有妄想症。

在以上两个电影案例中，主角的"需求"，以及如何在"转折点"得到他想要的事物均相对简单。更常见的情况是，"需求"与在"转折点"所实现的梦想之间的联系并不明显。事实上，在电影中经常会出现主角在"转折点"并没有得到他们所想要的。

再来看《土拨鼠之日》这部影片，菲尔是匹兹堡电视台的气象播报员。在他的第一个场景中，他说一家全国广播电视台网络对他极有兴趣。很明显，他并不满足于地方电视台，而想要为更大的全国电视网工作。"转折点"发生于他一觉醒来，土拨鼠日这一天又重新来到——时间停止在这一天。在"转折点"菲尔是否实现他"想要的"为更大的广播电视网播报天气的想法了呢？不，并没有。他想要的更多，有更大的雄心壮志，但是就故事结构而言，这并不是"需求"。

现实生活中的人们均会有很多希望，故事中的虚构人物也一样。"需求"与"转折点"两者的关键在于发现一个"需求"，它是主角在"转折点"可以真正得到的。在"转折点"，菲尔作为气象播报员实际得到了一些东西，<u>当日子不再向前</u>，这是实际上他得到的结果。

"需求"是果壳理论八大重要元素中的第一个，正是由于它在主角的第一个场景中出现，同时也位于剧本故事的最前列。主角有丰富的需求，但是只能有一个在"转折点"实现，这意味着找到一个与"转折点"相匹配的"需求"是相当不易的事情。而更加困难的是，在喜剧中，"需求"必须与"危机"相反（在悲剧中，"胜利"是"需求"的终极体现）。

正是由于这种种原因，"转折点"变得尤为重要，我会在下一章详细阐释这一点，并且在第7章进一步讨论"需求"，揭晓天气预报员菲尔的"需求"究竟是什么。

当工作室的编剧们将果壳理论运用到他们的剧本中时，我会告诉他们使用一种简便方法：跳过"需求"，直接进入"转折点"进行分析。当然，这种方法值得所有人尝试。

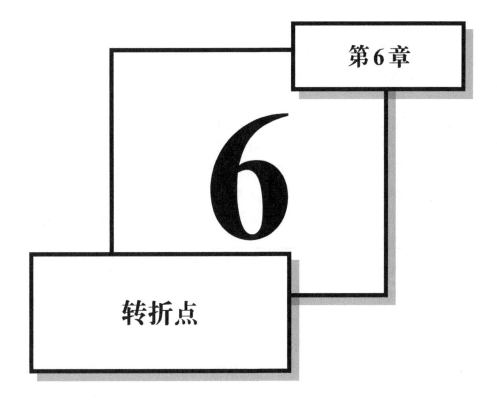

第6章

6

转折点

转折点:

- 实现主角在他们第一个场景的"需求"。

- 随后把主角带入"陷阱",这也是主角在"转折点"所不愿意看到的。

同样:

- 这是一个没有退路的时刻,使故事变得独一无二。

- 它是第1幕结束、第2幕开始的标志。

- 它发生于电影的25%位置,即剧本的第20~30页(理想情况下接近于第25页)或者电影的0:20:00至0:30:00之间。

- 它是发生在主角身上的。

本章讨论的果壳式电影

《谍影重重》(*The Bourne Identity*, 2002)

《目击者》(*Witness*, 1985)

《非常嫌疑犯》(*The Usual Suspects*, 1995)

《泰坦尼克号》(*Titanic*, 1997)

《第六感》（*The Sixth Sense*, 1999）

《卡萨布兰卡》（*Casablanca*, 1942）

《土拨鼠之日》（*Groundhog Day*, 1993）

影片播放至25%处时，主角将经历一些改变人生的重大事件。大多数的剧本理论家认为每一个剧本都需要这样一个强有力的事件，它应该出现在剧本的第25页或电影的第25分钟处，它推动主角顺利进入第2幕。编剧们使用不同的术语来描述这个元素，例如情节点1，闯入第2幕，大事件，第一次逆转，或者第1幕高潮（有时也错误地命名为"突发事件"，详见下面的论述）。我将这个节点称为"转折点"。

突发事件是指发生于"转折点"之前的一件事，一般出现于电影的0:05:00—0:10:00或者剧本的第5~10页。顾名思义，主角在这个事件的突然刺激之下，会推动剧情朝着"转折点"方向发展。突发事件常常作为"转折点"事件的铺垫而存在，只是为了迫使主角进入没有退路的境地。当然，它并不是果壳编剧理论的一部分，因为它与其他的果壳因素没有内部依存的关系。实际上，突发事件确实是主角通往"转折点"的必经之路，然而它只是一个单独的突然发生的事件，并不影响故事的整体结构，它完全可能由各种不同的事件来代替。一些编剧理论家过分强调了突发事件的作用。在创作中，我发现如果被迫将"转折点"延迟至第25页，编剧们也往往会自然地顺应剧情发展而再创建一个突发事件。我们在这里重点讨论突发事件，原因在于它是第1幕中的一个重点，并且，人们常把它同"转折点"相混淆。

大家常常认为，故事真正开始于第2幕，最好的例证就是电影《绿野仙踪》（非果壳式电影），这部影片在从第1幕转入第2幕时，画面从黑白变为彩色。"托托，我感觉我们已经不在堪萨斯了！"多萝西欢呼着。多萝西的"转折点"是：龙卷风将她的房子连根拔起，吹到了奥兹国。如果我们要拍摄一部与《绿野仙踪》相同感觉的电影，那么影片也应该这样进入第2幕：一切都改变了，主角的世界从黑白突然变为彩色，虽然有托托在身边，但主角已经不在堪萨斯城。通常（并非绝对）在进入第2幕时会有类似这样的一种画面上的变化。《绿野仙踪》这部电影就使用了一种极好的隐喻手法，让我们感觉到主角在第2幕像进入了一种全新的世界。

"转折点"是一个完全改变了主角生活的大事件。但请注意——电影中有许许多多的事件。剧本中几乎每一个场景都在一定程度上算是事件。在电影中，如果我们看到一个场景只是展现平常的郊区风景，也许正暗示着主角平凡的内心世界，而这可能并没有在剧本中明确写出来，就像电影导演补充的一些内容。因为在剧本中，每一个场景在某种程度上都是一个事件，只是其中一些恰恰比较重要而已，并且有一个事件比其他所有的事件都重要。

其实，将"转折点"定义为一个改变了主角生活中所有状况的事件，这样描述也会有一点点误导性，因为有一些事件在每一个剧本中都可以改变一切。但我所说的这个事件"彻底地"改变了一切，也就是说它将促使主角失去退路，永远回不到过去。"转折点"正是使电影独一无二的重要节点，由于其有着重要的功能，"转折点"常常与电影片名相关联。

在影片《谍影重重》中，主角杰森·伯恩的"需求"是什么？

在电影的第一个场景中，几个意大利船员发现海上漂浮的间谍伯恩已经昏迷不醒，船员们救起了伯恩，其中一个船员拿出医药箱帮助清理伤口，他从伯恩的背部取出两枚子弹。突然间，伯恩恢复了意识，开始攻击船员，他要知道面前的这个人对自己做了些什么，并且自己身处何处。一位船员解释说，他们刚刚把他从海中救起，并且安抚他说，"我是你的朋友。我的名字是吉安卡洛，你叫什么名字？"伯恩才意识到自己失忆了，他说，"我想不起自己的名字。"然后，他又昏了过去。伯恩的"需求"是<u>找到自己的身份</u>。

对于伯恩而言，"转折点"是什么？是什么迫使他踏上旅程，让这部电影成为我们熟知的《谍影重重》？

当我把这个问题抛向工作室的编剧时，他们有的认为是两个苏黎世警察唤醒睡在公园长椅上的伯恩时的场景。他的大脑的自我保护意识立刻被唤醒，在 7 秒之内，伯恩把两名警察打倒在地，并缴获了其中一人的枪，二人完全没有能力与伯恩对抗。这当然也是一个重要的时刻，因为这是身为观众的我们第一次看到伯恩不可思议的搏斗能力，同时，伯恩也对自己的能力惊讶不已。他惊恐地看着自己手中缴获来的枪，突然撒开手，把枪扔在地上，迅速跑开。但是这个场景并没有构成"转折点"——让主角踏上旅程，并让影片独一无二的关键。

上面所讲的场景发生在电影的 0:10:39-0:11:34 之处，早于"转折点"本该出现的位置。更重要的是，这并不是改变一切的时刻。伯恩此时对自己有一点点了解——很显然，他曾经接受过某些防御训练——但是他并没有经过使本片具有独特性的"转折点"。在与警察发生冲突的场景中，伯恩可能有很多不同的选择。他可以选择留下或者逃离这个国家。此刻他可以做出各种不同的反应，将我们带入不同的叙事路线，理论上讲，可以生成类假于当前我们所熟悉的《谍影重重》的多个版本的剧本。因此，与警察争执的场景本身改变不了任何结果；它无法带我们进入"转折点"，打个比方来看，就像无法从黑白至彩色。

在下一个场景中，伯恩做的事情是打开瑞士银行的保险箱，发现里面有——一本护照显示他的名字是杰森·伯恩，而另外几本护照上是他的其他身份，还有一把枪和大量现金，这些信息看起来并非祥兆。如果伯恩没有打开保险箱（或许因为他没有密码）或者苏黎世警察把他投入了监狱，又或者他打开了保险箱，而里面只有几块旧金表，他并不清楚自己有多重身份以及复杂的过去，那么这将会是一个完全不同的电影，而非《谍影重重》。如果警察的那个场景再增加一点，不论是出于让我们更了解主角还是什么别的原因，严格来说我们都可以从剧本中剔除它。因为目前来看，虽然剔除它后，剧本有瑕疵，但它能正常运转。而如果我们删除了保险箱情节，电影故事的运转将受到影响，更换成其他场景结果也是如此。伯恩发现了自己是一个有多重身份且背景复杂的人，这个场景会驱动电影后面故事的运转。

注意，伯恩在他的第一个场景的"需求"是：<u>找到自己的真实身份</u>。在"转折点"，当他打开保险箱时，他发现了自己的身份。我们将发现，每一部剧本都通过这种方式讲述一个结构良好的故事。这是一个关键概念，也是我一直强调的：我们将发现主角在他们的第一场中的"需求"就是他们在"转折点"将要实现的，他们可能得不到自己最想要的，甚至不能得到他们所表达出的其中一个，但是在"转折点"，他们确实将实现一些他们在第一场中的"需求"。

另外需要注意的是，"转折点"的事情应该发生在主角身上。除此之外的七大果壳元素包括"需求""弱点""重大抉择"等，大部分反映的是主角的内心世界。但是，"转折点"是果壳编剧策略的所有故事设置中唯一发生在主角身上的实际行动。如果这个行动没有发生在主角身上——如果伯恩从未打开保险箱，没有发现自己的复杂身份——我们看到的就是一个完全不同的故事。我不知道它将变成哪一部电影，但它肯定不会是《谍影重重》。

这里需要明确的是，"转折点"这一事件，我鼓励编剧们用一句话概括，句子的主语不要用片中主角，并把这句话填入"转折点"的框格。这是一种不常见的做法，你要使用被动语态。举例来说，不要写成下面这样的句子："伯恩打开保险箱，里面显示他的名字是杰森·伯恩，他拥有多个护照，还有一把枪和一些现金。"我们建议使用比这更科学有效的写法："<u>保险箱显示他就是杰森·伯恩，拥有多个护照，一把枪和一些现金（14%～15%，0:15:57-0:18:21）</u>"。虽然有时这可能让人感觉有点复杂，但是它确实是一个更好的方法帮助你检查"转折点"是否为外部发生于主角之事，而非主角某天自己选择去做的事情。我们正需要这样一种外部的境遇在某天发生并且改变主角一生的进程，并且假如这种改变没有发生，这个故事将不复存在。

"转折点"与"陷阱"是紧密连接的。我将在以后的章节专门讨论"陷阱"的更多细节，但是现在，我想要大家确认的是"陷阱"与"转折点"之间的关系，因为在确定"转折点"的同时，我们也需要时刻提醒自己"陷阱"的存在。在"转折点"，主角将实现他们的"需求"，但是也将遇到某些他们不愿意接受的附加条件，那就是"陷阱"。

下面是发生在主角杰森·伯恩身上的这三个元素之间的关系。

"需求"：<u>找到自己的真实身份</u>。

"转折点"：<u>保险箱揭示他是杰森·伯恩，他拥有多个护照，有一把手枪和一些现金</u>。

"陷阱"：<u>看起来他是个危险分子</u>。

"陷阱"通常情况下是"转折点"的一部分，不需要任何额外的场景。杰森并不是之后才发现自己是一个罪犯的，在打开保险箱的时刻，他就感到自己有一定的危险性，当然观众也是如此。在实现"需求"（<u>找到自己的身份</u>）之时，他同时也发现自己不愿意看到的，就是"陷阱"（<u>看起来是个危险分子</u>）。

"陷阱"并不是随着第2幕开始而出现的，也不是主角在第2幕或第3幕发现的，尽管发生于第2幕之后的事件也可能被称为"陷阱"。但这些迟来的"陷阱"并不等于果壳编剧策略中的"陷阱"。果壳编剧策略中的"陷阱"一定是作为"转折点"的一部分而发生的，其位置一定位于即将进入第2幕之时。

如果因为种种原因，主角遇到的"陷阱"与"转折点"不能完全同步，这个"陷阱"也至少应是"转折点"的直接结果。因为在这个节点上必须让主角获得他们想要的东西，也必须给予他们"陷阱"，有时完整的"转折点"的情节时间可能会长一些，有时多达几个场景，甚至有2~3个连续的事件出现。

以影片《目击者》为例，主角侦探约翰·布克（哈里森·福特饰演）在第一个场景中的"需求"就是<u>找到凶手</u>。同时他也得到了他想要的：作为指认罪犯的证人，一个阿米什男孩恰巧在警局玻璃橱窗中展示的警员照片中认出了其中一人就是杀人者。故事发展至这里，看起来我们已经找到了"陷阱"——凶手是侦探的警察同事——但是其实一个更大的"陷阱"很快就会浮现出来。在接下来的场景中，布克向上司副警长保罗报告此事，保罗要求布克保守机密。紧接着下一个场景：在布克公寓的停车场，他遭到凶手警察的袭击，两个人发生激烈的枪战，然后，凶手警察不敌布克，仓皇而逃。

现在我们找到了真正的"陷阱"：不仅有一名警察同事是杀人者，连主角所信任的上级也是同谋者（这也是凶手警察得知布克知道了他是凶手，并且企图杀人灭口的原因）。这也正是我将此处定义为"转折点"的原因。我们再次确认一下，"转折点"所描述的确实揭示出布克实现了"需求"，同时伴随着他并不想遇到的"陷阱"：<u>小男孩认出凶手就是一名警察，布克向上司汇报此事，凶手警察想要杀死布克</u>（25%~29%，0:27:50−0:32:13）。

在这里，布克实现了他的"需求"（<u>找出凶手</u>），同时伴随着一个巨大的"陷阱"：

他的上司也是同谋。布克如今不只在和一个流氓警察打交道，他还将与一个隐匿在警察局内部的利益集团斗争，范围之大不可想象，甚至包括他的顶头上司（他曾经是布克的好友，两个人关系如此亲近，以至于布克的名字来源于上司的家族名字），此刻他们想要杀死布克。

当我们使用果壳编剧策略来开发一个新故事时，一定要确保对"转折点"描述清晰——自主角实现他们的"需求"起，至揭示出"陷阱"，同时伴随着或者紧接着发生的"转折点"。它必须发生于第1幕的结尾处，而"陷阱"也必须明显可见地发生在主角身上，当然位置同样在第1幕结尾处。二者大约在120页剧本的第30页（剧本的25%处）。

"陷阱"并不是一个新的事件，除了"转折点"，它不要求额外的场景，尽管当我们研究影片《目击者》的时候，"转折点"包含多个场景。仔细思考"陷阱"这个细节，想一想你该如何阐释自己的观点：在"转折点"，主角得到他们"想要的"，但是他们不想要的是什么？他们得到的那个"不想要的"才是"陷阱"，这里必须存在一个前期已设置好的"陷阱"。如果剧本中没有"陷阱"，而此处刚刚让主角得到他们"想要的"，那么故事情节就不再存在任何冲突。一旦没有冲突，我们笔下的故事基本上就可以结束了。

再次说明，"果壳陷阱"并不是主角在第2幕或者第3幕以后才会发现的什么事情的结果。它是一个紧迫的问题，是"转折点"的一部分。同时，"陷阱"是存在于主角的主观视角下的。主角必须认识到在"转折点"，他们除了得到"想要的"，也将得到他们不想要的。

如在影片《非常嫌疑犯》中，主角是美国海关探员大卫·库科，"转折点"是警察让他审问"口水金特"（21%，0:21:53-0:22:22）。"陷阱"并非"整件事是'口水金特'编造的故事"，也不是"'口水金特'就是凯撒·索泽"，尽管这些都是在结尾浮出水面的重磅信息。"果壳陷阱"必须从主角的视角来呈现，时间点必须在"转折点"附近，库科对于他将会听到一个完全编造的故事毫无准备，因此"陷阱"应是"口水金特"看似身体残疾，像个傻瓜，实则聪明绝顶。

我并不喜欢条条框框，然而"转折点"与"陷阱"只能出现在第30页之前，当然需要在第20页之后。有时，我会发现有的电影中"转折点"会提前至0:15:00，但我并不建议编剧们在第15页有这样的设计，在这些特殊例子中，如果翻看原始剧本，"转折点"依然在接近第25页才会出现，只是在银幕上稍有提前。

[42] "转折点"像时钟一样精准地出现在第25页，这其实并不是一件坏事，相反，忽视这一点才会危及剧本的成功。我们看电影时，尽量精准地关注故事运行时间，查看银幕上第25分钟时发生了什么，就会惊奇地发现"转折点"准确地发生于第25分钟的频率是如此之高。

"转折点"与"陷阱"象征着故事从第1幕进入第2幕，并且电影故事已经进行了25%。对于电影总体运行时间而言，原则上第25页与第25分钟基本成比例。如果一部电影时长为100分钟，其中的25%应该就是25分钟。因此，"转折点"应该结束于电影的0:25:00，这也意味着"转折点"可能开始于0:22:00，而它对"陷阱"的影响将在0:25:00完全显现。如果是一部更短的电影，比如一部总时长只有90分钟的电影，25%的时间为15分钟。因此这种情况之下，"转折点"应该发生于0:15:00附近。

这个原则也适用于时间更长的电影。比如《泰坦尼克号》，"转折点"直到0:38:16-0:43:56才出现，特别需要提示的是，这部电影的总时长为194分钟，25%意味着0:48:00，因此"转折点"仍然发生于25%的时间点之前，而且并非每一个人都是詹姆斯·卡梅隆！ 194分钟时长的电影需要194页剧本来阐释！如果没有在电影行业的巨大影响力，所有人都会建议你将剧本缩短至120页以内。剧本审阅者并不乐意在翻开第120页时，发现后面还有好多页等着他继续阅读。如果剧本恰好只有120页，我们也建议将"转折点"设置于第30页之前。

因此除非是詹姆斯·卡梅隆，否则"转折点"不要在第30页之后，超过几页都不行。如果你执意要打破这个规律，那么审读剧本的人极有可能在读到第30页时将这个电影剧本丢进废纸堆，不加理睬。观众的心理也是这样，我们必须将讲故事的法则与观众心理相配合，他们会期待在关键时刻发生一些大事。如果到了一定时间，什么都还没有发生，观众就会觉得剧情太缓慢，故事不知所云，失去观影的兴趣。第30分钟或者第30页看起来就是这样的临界点，此刻，我们必须进入第2幕，这也是"转折"的目的之一：它清晰地划分一个界限，标志着故事从黑白的第1幕迈入五彩缤纷的第2幕。

同时需要注意的是，影片《泰坦尼克号》中"转折点"不是撞上冰山，撞上冰山这一事件发生于1:39:31（顺便提一句，冰山首次被发现的时间位于1:37:12，正是电影时长194分钟的中间点）。"转折点"出现在杰克说服罗斯不要跳海之后：她跳下甲板，杰克救了她。（20%~23%，0:38:16-0:43:56）。假如杰克在罗斯准备跳海时并没有看见她，而除了杰克的其他人不能够说服她，她会不顾一切地纵身跳入茫茫大海。这种情况下，他们之间的浪漫爱情不会有开始，罗斯将会有另一个泰坦尼克号故事（也许是事故）。她将不会拥有这个特殊的故事，但是正是因为她遇到了杰克，"转折点"恰巧发生于此，她开始转型，变为一个更好的人。这才是真正的故事。我们已经从历史上了解到这艘船会沉没，但罗斯遇到杰克后会发生些什么我们是不知道的。

[43]

"转折点"应该被确定为主角视角的形式。我们举例再看，影片《第六感》中"转折点"并不是"马尔克姆被杀"或"马尔克姆其实是一个幽灵"。影片中，马尔克姆·克洛博士是被自己的病人文森特枪击而亡的（0:10:12），在电影临近终点时，他（还有观众）才首次发现自己被杀的真相，原来我们所看到的枪杀发生后的每一件事都基于他（还有观众）的一种假设——自己在枪击中幸存下来。当然，最终我们得知他并没有在枪击中幸存。

因此马尔克姆被枪击不是"转折点"。首先，0:10:12的时间点对于"转折点"而言过早。其次，主角必须在"转折点"实现自己的"需求"，我并不认为马尔克姆的"需求"是他卷入枪击案。最后，从马尔克姆的视角来看，直到影片结束前他还认为自己仍然活着，"转折点"必须用电影中主角的视角，讲清楚是什么改变了一切。在枪击案中被杀，或变为一个鬼魂，这二者均不能成为"转折点"，因为马尔克姆并不了解这些都已经成了事实。

他坚定地认为枪击改变了他的婚姻，给这一时刻做个标记："他与妻子的交流开始出现问题"。枪击是一个重要事件（事实上枪击事件属于突发事件），而电影中会有许多重要事件，枪击事件本身并不会使影片《第六感》区别于其他电影故事。

记住一点："转折点"往往在影片名称上有所反映。想一想是什么使影片《第六感》成为《第六感》？"第六感"指的是能够看到鬼魂的特殊能力，我们通过年少的科尔了解了这一个概念，科尔告诉马尔克姆："我能看到死去的人们。"这个场景在何时发生？0:50:26，对于"转折点"而言，这个时间点又太晚了，因此这个事件也没有资格入选。

好，我们来看看在第1幕结尾发生了什么事吧，是特殊的甜蜜时刻，在影片的第25分钟左右。在0:21:35，马尔克姆遇到了科尔，在科尔家进行假想中的第一阶段心理治疗。科尔描述了自己在学校遭遇暴力的场景，在电影进行至0:26:06时，第一阶段治疗即将结束，他告诉马尔克姆："你人真好，但你真的帮不了我。"接下来，马尔克姆在周年庆典晚宴上迟到（或者是晚宴开始太早），在那里他对妻子宣称自己得到了第二次机会。<u>科尔将会成为马尔克姆第二次机会</u>（21%~24%，0:21:35-0:26:06），这正是《第六感》的"转折点"。

对于观众而言，这一节点似乎并不那么重要，但对马尔克姆而言，它非常重要。当他对妻子解释时（或者他认为他在解释），科尔就像小时候的文森特——曾经是他的患者，长大后开枪朝他射击。记住，"转折点"同时拥有两个特征：第一，对于主角而言，改变了事件发展的进程；第二，在第一个场景中给了主角"想要的"东西。

那么，马尔克姆在第一个场景中的"需求"是什么？

在马尔克姆的第一个场景中，为庆祝他获得了市长颁发的儿童心理学杰出专家奖，马尔克姆与妻子正举杯庆祝。妻子称赞丈夫有"天赋"，这将教会"孩子们在面对成年人的亵渎时学会坚强"。

马尔克姆的"需求"是<u>帮助孩子们渡过最困难的阶段</u>。这是他一生的工作。即使在第二个场景中，明显地被文森特打断——文森特突然闯入他家，并指责他是一个失败的心理学家时，马尔克姆仍然告诉文森特，自己会尽全力帮助他。

在"转折点"——科尔成为马尔克姆的第二次机会之时，马尔克姆是否实现了他的"需求"，即帮助孩子们渡过最困难的阶段？是的，他想帮助孩子们渡过最困难的阶段，他的理想虽然未能在文森特身上实现，但是科尔的出现给了他第二次机会，他将用相似的心理学方式帮助处于困境的孩子。他认为帮助科尔这件事会使自己得到救赎，因为在文森特身上的失败令他产生强烈的内疚与挫败感。

通常情况下，我们在"转折点"都可以遇到一种重大变故，因为此刻正是我们结束第1幕的黑白世界，整装待发进入第2幕五彩缤纷的奥兹国新世界的临界点。第一次看电影《第六感》，假设没有人提示的话，我们可能能看出"转折点"的转变存在于科尔成为马尔克姆的第二次机会。但在看完电影之后，我们会意识到马尔克姆是一个鬼魂，此时我们的感知会发生变化，也许会改变主意认为马尔克姆被文森特枪击才是"转折点"。但是要记住这次重大变故必须采用主角的**主观视角**，从马尔克姆的视角来看，科尔成为他的患者才应该是"转折点"，这一时刻科尔成为马尔克姆的第二次机会，这个变化会驱动故事继续前进。

如果科尔没有成为马尔克姆的患者，从此进入他的生活，这个故事与我们熟知的《第六感》电影将大相径庭。在原始剧本[1]中马尔克姆明确表示，枪击事件后他一直无法工作，然而这一句对话在电影中并没有展现。他认为自己在文森特案例上失败了，这导致自己害怕面对其他的孩子。但是直到遇到科尔，马尔克姆看到了一次真正的机会，没有其他人有能力帮助科尔，如果完成这次工作，自己将会重拾信心——这正是他目前亟需的，只有这样，马尔克姆才可以重回自己熟悉的儿童心理治疗领域。并且，枪击事件后，马尔克姆感觉到自己与妻子渐行渐远（事实当然如此，因为他们已经不属于同一个世界，但是马尔克姆不知道，以为另有原因），他希望这次机会不仅可以帮助问题儿童，也可以改善他的婚姻状况，无论如何这是一次能使他平衡工作与婚姻生活的机会。

请注意，这并不是偶然事件：电影中的心理学专家（怀疑自己专业能力、对自己失去信心的医生）遇到病人（无人有能力帮助其脱离困境的孩子）。反过来看当然也不是意外：病人（整日被鬼魂困扰的孩子）遇到心理学家（陷于困境中的鬼魂，生前是极有天赋的儿童心理学博士）。将二者结合起来看，这个故事并不是随意创作的，它不仅仅是一种情境，还是一个故事。

"转折点"往往在影片片名中有所反映，尽管有时我们直到影片进行至中点时还不能明显地发现这一点。有时影片片名与主角以及"转折点"之间的联系方式不止

[45]

---

1 M.奈特·沙马兰，《第六感》最终拍摄剧本，1998年11月2日，编剧行业基金会沙维尔森·韦伯图书馆馆藏。

一种，当这种情况发生时，应当值得庆祝，毕竟隐喻是编剧最有用的工具。

编剧选择剧中的两个人物并非偶然。《第六感》，1999年，望远镜娱乐公司。

举例来看，在影片《谍影重重》中，"转折点"是保险箱里的东西揭示出主角是杰森·伯恩，他还拥有多个护照，有一把手枪和一些现金。恰恰此时，伯恩找到他身份的第一条线索：拥有多重身份，过去的经历并不顺利。同时，这一切仅仅是伯恩寻找自我旅程的起点，最终他会发现，努力追寻自己的身份的旅途令人崩溃，还不如一切从未开始。

在影片《第六感》中，影片片名也与"转折点"相关，科尔成为马尔克姆的第二次机会，隐含的意义是马尔克姆也是一位拥有第六感的人，他的第六感的能力是帮助那些无助的孩子们。在电影进行至0:50:26时，科尔来到医院，在这里他第二次向马尔克姆透露："我可以看到死去的人们。"我们才意识到科尔就是片名中拥有第六感、可以看到鬼魂的人。

《第六感》是十分恰当的案例，我们通常（但并不总是如此）看到的"转折点"是：再给主角一次机会，让他可以面对过去的失败。同样，在影片《卡萨布兰卡》中，主角里克（亨弗莱·鲍嘉饰演）也要面对第二次与女友伊尔莎相恋的机会，在"转折点"，突然间伊尔莎手挽着英雄走进里克的酒馆（24%~32%，0:25:18-0:33:35），里克叹息着说道："世界上有那么多小镇，小镇上有那么多酒馆，而她却偏偏走进了我这一家。"

影片《土拨鼠之日》也给了主角第二次机会，并且更加极端，"转折点"是日子永远不会向前进，上帝让菲尔成为气象播报员，他却只能不停地重复同一天，直到生活步入正轨。

在"转折点"让主人公面对一些他们曾经的失败，这是测试人物性格的一种很好的方式。当然这也不是"转折点"的必然要求，但它可能是最好的选择。

"转折点"是至关重要的事件，是**此故事**得以成为**此故事**的关键所在，它会实现故事中主人公的"需求"，并连同他们并不想要的"陷阱"一起到来。它应该给我们这样一种感觉：昨日种种已然逝去，如今已是第2幕，即将出现一个辉煌灿烂且多彩的新世界。

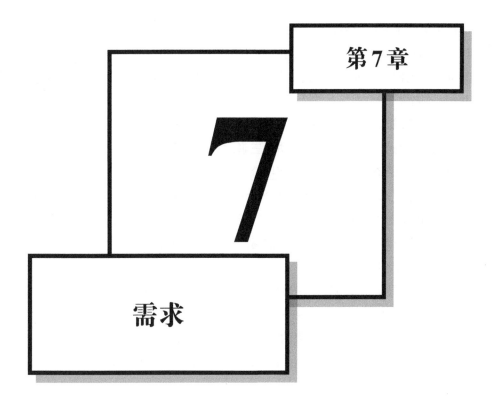

第7章

7

需求

需求：

- 是主人公在第一个场景中想要达成的目标之一。

- 它必须在"转折点"实现，同时他们也会遇到一些他们并不想的，即"陷阱"。

- 在喜剧中必须与"危机"相反，在悲剧中"胜利"是其终极体现。

本章所讨论的果壳式电影

《谍影重重》（*The Bourne Identity*, 2002）

《土拨鼠之日》（*Groundhog Day*, 1993）

《借刀杀人》（*Collateral*, 2004）

《朱诺》（*Juno*, 2007）

"需求"对于果壳编剧策略而言，可能是最难以理解的元素，这也是本章重点分析的原因，我将以几部电影为例详细分析，其中有些影片的"需求"非常典型，而另一些则比较隐晦。

在主人公的第一个对话场景中，他们的"需求"应该非常明确，有时主人公会直接用语言来表达出来，有时则不那么明显。所谓"需求"的关键在于设置。有一句古老的格言是："小心你许下的愿望。"编剧笔下的主人公一定希望"需求"实现，某种程度上他们祈求结果会是这样。同时，在"转折点"他们也遇到了另外一样东西——"陷阱"。

电影《谍影重重》就是一个很明显的例子，其故事发展进程清晰，很有代表性地说明了"需求""转折点""陷阱"三者之间的关系。在主角的第一个对话场景中，伯恩明确地表示想<u>找到自己的真实身份</u>，在"转折点"他得到了他"想要的"：保险箱揭示出他是杰森·伯恩，他拥有多个护照，有一把手枪和一些现金（14%~15%，0:15:57-0:18:21）。因此他已经找到了自己的真实身份，同时还有一个"陷阱"：<u>看起来他是个危险分子</u>。三者之间的关系是非常明确的，然而在大多数电影中，它们之间的关系并不如此明晰。

"需求"是果壳编剧策略中最棘手的部分，这是因为：第一，主人公必须在"转折点"实现"需求"；第二，在喜剧中"需求"必须与"危机"背道而驰（在悲剧中，"需求"将在"胜利"到来时得到它的终极体现）。同时满足以上两个条件并不容易，有时需要逆向思维倒推出主角的"需求"，才能发现其是否与"转折点""危机"或者"胜利"之间有联系。

一般而言，工作室中的编剧同事在用果壳编剧策略创作他们自己的故事时，我会提示大家最后再确认"需求"的具体内容。即使他们已经明确地表示知道这一点，我依然会坚持可以跳过它，先来确定果壳编剧策略图的其他七大元素。在本书中，我仍然持此观点，当我们使用果壳编剧策略构建一个新故事时，我们总能在最后找到与"转折点""危机"或者"胜利"相匹配的内容。

故事中的主人公会有很多需求，"需求"并不是编剧在创作时首先想到的那个，也不一定是主人公最想得到的那个。主人公一定会希望得到许多得不到的东西，但是为了让果壳编剧策略正常运转以帮助编剧正确地构建一个故事，就需要确定一个"需求"，它是主人公"需求"的其中之一，在"转折点"他们会得到它，并且我们必须在主人公的第一个对话场景中将它展示出来。

不要将"需求"错误地理解为主人公内心深处的"需求"的全部，或者是他们作为故事角色的动机和总体目标。"需求"可能与主角内心深处的想法相契合，也可能并非如此。有时"需求"就是我所称的"即兴想法"，灵光一现，过后就忘，这样就足够了。下面我们讨论两个案例。

[50]

如果在工作室中，编剧没有什么好的故事原型来进行创作，我会建议大家浏览报纸上的犯罪故事，尝试着用其中的一个来建构电影故事。在报纸的新闻报道中，一般可以找到许多个适用于拍电影的素材：有着明显"弱点"的人们，许多"没有退路"的困境等，简直是构建故事的原材料宝库。工作室的一位编剧曾发现这样一篇报道：女警察开着警车带着儿子一起通宵执勤巡视，在准备逮捕嫌疑人的行动中，她与同伴开枪射击，结果她的儿子不幸在枪击中遇难。这位编剧认为如果把女警察作为主人公，"转折点"是：她的儿子在执勤中被杀。当然，这看起来似乎是对的，也很难想象一个影响更深远的转折点，因为没什么事比失去孩子对母亲的影响更甚。

然而编剧仍然困惑于，当进入"转折点"时，女警察可能想要的是什么？编剧认为这个故事无法继续下去，因为他找不到主角在进入"转折点"时应该实现的"需求"。另一位编剧则提议，也许"需求"可能是：女警察所做的正是为了得到儿子的欣赏。看起来这个故事变得合情合理了！在"转折点"（她的儿子陪她执勤，被杀），她得到了她"想要的"（她所做的正是为了得到儿子的欣赏），但是伴随的"陷阱"是：她的儿子死了。她当然不愿看到儿子被杀，但是那正是"陷阱"所在：主人公实现"需求"，但是同时也得到了某些不想要的结果。正如杰森·伯恩想要找出自己的真实身份，但是当他发现真相时，他并不喜欢这个真相。女警察的儿子最终看到母亲所做的工作，但是他死了，母亲失去了儿子。主角得到了他们的"需求"，但是也面临一个巨大的"陷阱"。

我们可以进一步将这个故事编得更加曲折，设计这样一个开放的对话场景：主角与她的儿子在争执："闭嘴！什么时候才能少说两句?！"此刻"需求"可能是她的儿子立刻闭嘴。同时在"转折点"儿子死亡（儿子与母亲一起执勤，被杀）。愤怒的时刻她希望儿子"立刻闭嘴"。这只是一句顺口而出的"即兴想法"，观众根本不会重视这样的话语。她实现"需求"了吗？是的，儿子永远不会再讲话了！然而，是编剧想要她失去儿子吗？不，当然不是。她让儿子闭嘴，却从未想过他会被枪击中，如果她知道自己会一语成谶，绝对不会讲出这样的话。她得到了她"想要的"，同时一个巨大而可怕的"陷阱"也随之而来。

电影《土拨鼠之日》也是可以诠释"即兴想法"的一个极好的例子。对气象播报员菲尔而言，"转折点"是，他每天醒来都是土拨鼠日：<u>日子永远不会向前进</u>（18%~25%，0:18:18−0:25:10），同时需要注意的是，"转折点"与影片片名之间存在着相互映射的关系：2月2日，土拨鼠日，他被困在这一天。第2幕中菲尔一直试图打破这个诡异的循环。研究剧本时，我留意到一个微妙而关键的地方，它在剧本中的第1幕就有预兆，却发生于电影的第2幕。

实际上，剧本中的第1幕与影片存在两处有趣的差异。第一处，这是一个关于某种超自然现象的故事——主角不停地重复着同一天——对于这种奇异的现象，并没有一丁点儿解释，这有些匪夷所思。通常在一部电影中出现魔法和灵异现象时，一般都会给观众一个解释：这些现象源于何故、事件发生的背景如何等。

电影《土拨鼠之日》在这一点上并没有任何解释，但是关于这件神奇的事件是如何降落在主角头上的，在原始剧本中有详细的解释。1992年1月7日，第一版剧

[51]

本[1]的落款标记是哈多德·雷米斯（雷米斯是本片导演，与丹尼·鲁宾同为本片联合编剧）修改后的第二稿，在这个版本中菲尔与斯蒂芬尼陷入争执，斯蒂芬尼是菲尔所在的电视台的女主播，他曾经与她约会，却不想给她任何承诺，这令斯蒂芬尼十分愤怒。接下来我们在剧本就看到她掏出一本魔法书，向他施咒，使他不得不永远重复同样的日子。

我不知道这些消失的场景是在拍摄后被剪掉了，还是在拍摄之前就被删除了，一定有人意识到观众不需要看到有关魔法如何发生之类问题的详尽解释，还有斯蒂芬尼的角色事实上并没有出现在影片中。坦白地讲，我认为剧本中对魔法发生原因的解释也过于简单且偏于套路化，然而令我好奇的是，影片《土拨鼠之日》至今仍然位于经典电影之列，如果这一段并没有被剪掉会如何？事实上作为普通观众的一员，我们总是期望看到有关魔法背后的秘密。

剧本与电影的第二处显著不同是剧本中第1幕的"需求"不见了，而电影中却出现了。电影拍摄者并没有向我请教，我也没有告诉他们说："伙计们，别忘记'需求'啊！"有可能在拍摄影片时的某一刻，他们意识到影片缺少点什么。

电影中，在电视直播间里，菲尔正准备前往小镇普苏塔尼进行一年一度的旅行，见证冬眠的土拨鼠从土中醒来，并预测春天何时到来。他与一位同事聊了几句——此人将在菲尔离开的这几天代替他播报天气。我在电影中（而非任何版本的剧本中）看到，替代菲尔的天气播报员对菲尔曲意奉承，他告诉菲尔在普苏塔尼小镇好好放松一下，甚至可以多待一晚，他可以替菲尔多值一天班（因为这样他就可以得到更多在电视节目中露脸的机会）。菲尔回答道："得了吧，我想在普苏塔尼镇多待一会儿？！拜托，饶了我吧！"菲尔的第一个场景中的"需求"是<u>在普苏塔尼镇不超过24小时</u>。在"转折点"（<u>日子不再前进</u>），菲尔实现他的"需求"了吗？是的，他真的实现了——在普苏塔尼镇不超过24小时——但它是伴随着一个巨大的"陷阱"而来的：<u>他生活在重复的24小时中，并且不知何时才会结束这样的重复</u>。

有些观众注意到了这个魔幻事件就这样毫无征兆地出现却没有合理的解释，也可能是一种偶然的想法，但这样的想法很快就会被遗忘。了解魔幻事件背后的特殊性似乎并不重要，我们可以相对轻松地包容暂时的不解。但是有趣的是，电影拍摄者真正需要准确传递的是，菲尔遇到这个魔幻事件是咎由自取。这一点正是他自己所期望的。他曾经傲慢地宣称，普苏塔尼镇太可怕了，他从未想过会在那里待上24小时。一定要小心你许下的愿望哟！

果壳编剧策略中"需求"并不一定是主人公潜在的最大的"梦想"。故事中的人物就像生活中的普通人一样，有各种欲望。如果我扮演菲尔的角色，我会想方设法

---

1 编剧行业基金会所属沙维尔森·韦伯图书馆馆藏。

地从演员的角度了解菲尔的欲望——也就是说，作为菲尔，我的目标是什么——事实上，我最关注的是菲尔说一家大电视台已经有意聘用他，目前这家本地电视台不适合自己。我还应关注的是，他常常冒出十分自恋的念头，他认为自己是上帝赐予女性的礼物，然而事实上一般女性对他的"魅力"并不感兴趣。他渴望在更大的电视台工作，希望有更多的女性崇拜者，这些渴望都是合理的，但是这些都不是果壳编剧策略中的"需求"，因为在"转折点"，这些愿望没有一个能实现。

接下来，让我们再明确一下主角的第一个场景应该包括哪些要素。在这里，"场景"并不仅仅指其字面意义，即在剧本中从一个场景标题至第二个场景标题，而更偏重常见的口语用法。当我们讲电影的一个场景时，大多数时候我们是指一个"节奏"，即一个事件或者一个完整的行动，通常跨越几个场景标题[2]。

举例来看，在《谍影重重》中，伯恩进入银行打开保险箱，这从技术上讲并不是一个场景[3]，在剧本中也正是如此。这个动作"节拍"一共有以下 7 个场景标题。

①外景，苏黎世银行——日：伯恩从街对面看到银行。

②内景，苏黎世银行/服务前台——日：伯恩告诉接待员他的银行账号。

③内景，苏黎世银行/安全检查站——日：银行门卫指引伯恩进行全指纹扫描。

④内景，苏黎世银行/走廊——日：门卫引导他进入专梯。

⑤内景，苏黎世银行/保险库房间——日：电梯门打开，又一位银行工作人员陪同伯恩走过走廊。

⑥内景，苏黎世银行/保险库房间——日：警卫将保险箱放在他面前，然后离开。伯恩打开保险箱发现了里面的东西。

⑦内景，苏黎世银行/保险库房间——日：伯恩将保险箱还给警卫。

当我们观看电影，试图确认主角的"需求"时，尤其要认真地聆听、观察第一个场景所包含的细节，要特别留意人物对话。电影中的一些字幕提示，有时意味着蒙太奇技术手法或者非对话场景，在典型的开放式蒙太奇场景中并不容易找到"需求"。在理想情况下，我们可以听到主角的对话，主角通常不会直接表述自己的欲望，但我们确实需要了解主角的直接感受，这比通常意义上无对话的蒙太奇场景更易于理解。

---

2 节拍是电影中令人头疼的词汇之一，常被用于表示两种完全不同的意义。我经常使用节奏感一词，意思是一个事件的发生与完成在时间上横跨多个场景标题，这些场景同属于节拍表中的同一个节拍。节拍表是剧本中所有事件的清单，编剧在动笔创作剧本之前，会用路线图的形式画出故事结构表格。演员与导演习惯使用的"节拍"一词，更多地指狭义上的动作：在单独一个场景中的一个动作的交替。"节拍"一词的第三种用法常见于剧本说明。最后一种用法是建议演员在讲话时注意停顿。

3 托尼·吉尔罗伊，《谍影重重》。电影剧本，2001 年 2 月 15 日修订（电影艺术与科学学院玛格丽特·赫里克图书馆馆藏）。

电影《借刀杀人》的"需求"位于我所定义的第一场真正的对话场景，尽管在技术上剧本中一共有5个场景标题，自我们听到主角马克斯（杰米·福克斯饰演）谈话时开始，至"需求"实现时为止。以下罗列了剧本中的这5个场景标题，对应着电影中的每个场景，描述了这个场景中每一场的人物对话与人物行动[4]。

①外/内景，出租车——加油站——傍晚：马克斯，一名洛杉矶出租车司机，正与加油站服务生用西班牙语交谈。

②内景，出租车——傍晚——高等法院大楼：马克斯看到一个潜在客户——安妮（贾达·萍克·史密斯饰演），她正在用手机接听电话。

③外/内景，出租车：安妮迈入他的出租车内，他们各自押注选定一条最快路线到达她的目的地。

④外景，奥林匹克大街——黄昏至夜：没有对话。可以看到马克斯驾车穿过安静的街道，以期他的最快路线可以到达。

⑤内景，出租车内——黄昏至夜：他赢了，她问他开出租车多久了，他回答说开出租车只是暂时的，他正在开展豪华轿车租车业务。他说："那感觉太棒了！当你到达机场时，都不愿下车。"

他的"需求"正好建立在第5个场景标题之处，尽管我们仍然将这一场景称为第一个对话场景。其中的第一场戏是用西班牙语交谈的场景，它是没有字幕的，目的是营造出让部分观众难以理解的情境。正如我已经提到的，蒙太奇不是确定"需求"的最好方法。之后的第2个场景，只有安妮在说话，马克斯只观察。接下来的第3个场景，马克斯和安妮打赌，这成为马克斯的第一场对话，所有非西班牙人均能理解。第4个场景中没有对话，第5个场景则是一个持续的对话场景，结局是"马克斯打赌赢了"。

这5场戏的剧本和电影几乎是相同的，只有最后一场中，客户不想下车的话是明显的例外——它不在剧本中，只在电影中有。你猜怎么着？它包含了"需求"。我认为这表明，如果你省略了主角的"需求"，电影制作者很可能会改动你的剧本。

那么，马克斯的"需求"究竟是什么？乘客不愿下车。每一个主角都有很多愿望，但是只能有一个成为"需求"。在同样的场景中，比如，马克斯想要鼓起勇气邀请安妮与自己约会，最明显的证据是当她下车时，他因自己的笨拙而摇头叹息。但我们寻找的"需求"应该是一种渴望，它将在"转折点"实现。那么在"转折点"主角将会得到什么呢？那时如果有一个乘客不愿下车，马克斯会怎样？如果看过这部电影，我们当然会意识到，马克斯在"转折点"得到的是文森特（汤

[54]

---

4 斯图尔特·比蒂，《借刀杀人》。电影剧本，2004年1月20日修订（由电影艺术与科学学院玛格丽特·赫里克图书馆馆藏）。

姆·克鲁斯饰演）想整个晚上租用他的出租车，此时一具尸体从楼上坠落砸在车顶上（14%~18%，0:17:00-0:21:40）。"陷阱"为马克斯成为杀手的人质。

我们创建的"需求"，要在主角的第一个对话场景中尽早发生。也就是说，在大多数剧本中，"需求"将在第一个对话场景的第一场标题后出现，这正是接下来我们要讨论的电影案例所用的策略。我惊讶于"需求"出现在第一个对话场景的频率是如此之高。这些电影由于有果壳编剧策略要素的存在，往往使用了不少具有隐喻效果的故事桥段，请记住，隐喻是编剧最强大的工具。

有时，"需求"的处境十分微妙，因为它不一定是主角最希望看到的，也可能不是主角内心潜在的向前的最大驱动力。最终，"需求"只是在第一个对话场景中的一个简单的"要求"，然而对于"转折点"与"危机""胜利"环节却是最好的伏笔。

第一次分析影片《朱诺》时，我在第一个对话场景中几乎找不到强有力的"需求"存在。记住：为了确认我们找到了正确的"需求"，需要先知道"转折点"是什么，因此首先要确定的是"转折点"。主角是朱诺（艾伦·佩姬饰演），一个16岁的女孩，她意外地发现自己怀孕。朱诺的同学苏琴在诊所外抗议堕胎，苏琴说："看看吧，胎儿此时已经长出指甲。"这句话深深地刺痛了朱诺，她对计划好的流产手术产生了一丝犹豫。"转折点"是朱诺得知胎儿已经长出指甲，她不能再堕胎（18%~20%，0:16:36-0:19:25）。值得注意的是，"转折点"并不是"她发现自己怀孕"，实际上，这只是一个诱因，不能作为"转折点"的原因是，第一，发生的时间点过早（0:05:34）；第二，此处并没有关键性的转变使本片有别于其他影片。显然，朱诺由于怀孕而方寸大乱，但是真正改变了一切，将这部电影向前推进的是，朱诺得知胎儿已经长出指甲，她不能再堕胎，这才是属于她的"转折点"。如果这件事没有发生，朱诺也许会做流产手术，回归正常的高中生生活，故事就此结束。这样的结果是，影片《朱诺》的核心情节就不再是女孩发现自己怀孕后所发生的一系列故事，而变成关于女孩要不要堕胎的抉择过程。

那么，是什么促使朱诺到达第一个对话场景中的"转折点"？在第一个场景中，朱诺被一组被丢弃在路边回收站的客厅家具吸引了。此时画外音响起："它始于一把椅子。"在这个场景里，似乎找不到朱诺的任何"需求"，于是我向前快进了几个场景以寻找"需求"。接下来的场景闪回：在另一把椅子上，她与同学保利发生性关系。下一个场景切回路边的回收站，朱诺再次回想客厅内家具的位置。她冲着一只狂吠的狗大声叫嚷，画外音再次响起："这是我见过的放在回收站中最华丽的家具。"然后，影片片名与主题曲一同出现，朱诺走过小镇上的宠物店，推门进入一家药店，付款买下怀孕试纸，这已经是她第三次借用药店卫生间来确认自己是否怀孕了。

随之而来的"需求"是"想出下一步怎么办"。我所定义的"第一个对话场景"是一个比较宽泛的概念。用来设置"需求"的场景，从进入药店开始，在这个场景中她确认自己已怀孕，并明确了下一步准备采取什么行动（堕胎）。紧接着在"转折点"，她觉得自己必须堕胎，但是当苏琴出现并指出胎儿已经长出指甲的事实时，她意识到自己不能这样做，取而代之的是，为孩子找一个收养家庭。此时，她已经明确自己下一步的行动，她实现了"需求"，如此种种。

有一位编剧（也是我的工作室同事），他曾经突发灵感想出了更聪明的设置"需求"方式，比我定义的"想出下一步怎么办"更好，它就在第一个对话场景中：朱诺的"需求"是找回某些已经被丢弃的东西。啊哈！来看看吧，在第一个场景中，当她站在回收站旁边，想把这些被丢弃的家具搬回家，然后在"转折点"，她决定不再堕胎，不再"丢弃"胎儿。

值得注意的是，这是"即兴想法"的一个经典案例。它不是驱动朱诺下一步行动的内心深处的想法，也并非角色内心深处的"渴望"、意图或动机。我们可以看到朱诺有很多想要得到的，包括尊重、保利的友谊，甚至希望没有怀孕。但是在"转折点"，她没有得到这其中的任何一个。其实她可能特别渴望这些想法成为现实，尽管这些想法都不是"需求"。

我们只需找到一个"需求"，尤其是剧本中那种"小心你许下的愿望哦"的类型，这种"需求"往往都不会是主人公内心深处的想法，但这并不意味着主人公不能有发自内心的想法。现在我们开始构建故事吧。朱诺在第一个对话景中许下的愿望是拥有一套跟遗弃在路边回收站类似的家具。我曾经告诫编剧们，不要小看一套旧家具，也许剧本中的主角想要的只是一个三明治！

确定主角在第一个对话景的"需求"，对于这一点，编剧还是有一点决定权的。它可以不必出现在第一个场景中，但是还是越近越好，你肯定不希望它在主角已经确定第一个行动之时才出现。我们会惊讶地发现，在实际案例中"需求"在第一个场景就会跳出来，这类影片往往由于这样的设置而显得更机智与有趣一些。

"需求"是果壳编剧策略这一逆向工程中最晚、最难确定的元素，这也正是我希望只有在填写了其他七大元素之后，再把它填写在果壳编剧策略图中的原因。如果按照果壳编剧策略，一开始就锁定一个"需求"，将其认定为剧本中的主人公的"需求"，并依此去创作剧本，可能会有一点冒险。这样你会被迫创造一个"转折点"，同时在这个时刻主人公被迫实现最初的"需求"，这样的结果是剧本情节有可能会转向与最初的想法完全不同的发展方向。

我们以《土拨鼠之日》为例来推导一下这样的后果，首先假设它并非如今的经典之作。让我们从零开始创作这个故事，由主人公菲尔开始，他是一个令人讨厌的气象播报员。他的"需求"是什么？首先想到的是，他想"去更大的电视台工作"，这看起来更符合这个角色的定位：他总是高高在上，认为自己在这家小电视台里炙手可热。如果"去一家更大的电视台工作"是他的"需求"，那么他应该在"转折点"实现他的"需求"。那么在"转折点",当日子永远不会向前进时,他"去一家更大的电视台工作"的愿望实现了吗?没有,他并没有得到新的工作机会。因此这也意味着我们需要创造一个不同的"转折点",以此来找到一个时间点,让菲尔实现他"去更大的电视台工作"的梦想。

朱诺(艾伦·佩姬饰演)想要得到什么?《朱诺》,2007年,二十世纪福克斯电影公司。

　　我们可以这样做,但是结果是这将明显地改变故事的发展方向。他可以在普苏塔尼被一家电视台发现并被雇用。我们可以将"转折点"设置为"一家电视台雇用他"。菲尔想得到一家大电视台的工作,他实现了自己的梦想。因此"需求"与"转折点"达成了这种技术上的关系。如果剧本这样写下去,还能看到如同现在的经典《土拨鼠之日》一般的电影吗?听起来还是关于令人讨厌的气象播报员的故事,他在一个小镇上工作,得到了一份在大电视台工作的机会,如今遇到了一些工作上的困难,不知道这个故事发展下去会是什么样子——肯定与我们所熟知的《土拨鼠之日》距离越来越远。我们绝对需要菲尔在某个时刻体验日子永远不会向前进的生活状态,否则将不会像原本的《土拨鼠之日》那般经典。我们可能会想到在菲尔得到了新的工作机会的同时,或者在出现这种状况之前、之后发生"日子永远不会向前进"的生活状态,但是无论如何,日子永远不会向前进才是真正的"转折点"。人们每一天都有获得新工作的机会,但是到底有多少人在一生中会遇到日子永远不会向前进的生活状态呢?

　　如果在"转折点"没有日子永远不会向前进这样的桥段,那么重新创作一部经典,尤其是像《土拨鼠之日》这样构思精巧的影片,几乎是不可能的,因为这样的

[57]

重新创作等同于创作一个完全不同的故事。那么这是否意味着菲尔不愿意去更大的电视台工作？答案是否定的，他已经说过，有一家电视台已向他抛出橄榄枝，他明确地表态希望心想事成。他希望实现很多的事情，正如我们在现实生活有很多的愿望一样。但是故事只能有一个"转折点"，这个转折点是这个影片区别于别的故事的最独特之处。

找到"需求"与"转折点"之间的关系是一种更便捷、更明智的创作方法。先确定主人公的"转折点"，然后在第一个对话场景中找到（或者创作）"需求"，这也是主人公将要在"转折点"得到的，在所有的果壳编剧元素都确定之后，才需要确定"需求"。

永远不要犯这样的错误：让"转折点"与一个随意想象的"需求"搭配。然而，不幸的是，编剧经常会犯这样的错误。他们只关注主人公是否真的"想要"实现什么事，而事实上这些"需求"往往与"转折点"并不匹配。

接下来，与其费心地去寻找主人公想要什么，不如考虑他实际上会得到什么、他在"转折点"会有什么样的改变，否则就会陷入恶性循环。俗话说，条条大路通罗马，眼前就是这样一条通途，以"需求"与"转折点"找匹配之处。

需要牢记的是，作为编剧，如果主人公在"转折点"无法实现"需求"，那意味着这个"需求"并不准确，那么，它与故事发展也必然不匹配。但即使是这样，也不需要重新创作人物角色，出现这个问题的原因是故事中的人物只是不想要我们最初提出的"需求"而已。它只能说明这个"需求"的需求度最低，它虽然存在于主人公内心，但只不过是一个并不会实现的"需求"，因此它也无法成为果壳编剧策略的八大元素之一。我们需要再找一个"需求"，它必须在"转折点"得以实现。

只有在确定"转折点"之后，才能确定"需求"。即便如此，我也会用铅笔标识，以便于再次修改。在确定"转折点"之后，我们需要建立一种直觉，将"需求"是否在"转折点"实现作为二者是否匹配的标准，同时也要帮助主人公在"陷阱"处获得他们并不想要的事物（或想法）。即使如此，我们此时仍然对"需求"的内容保持一定的灵活度，因为"转折点"并不是唯一与"需求"匹配的元素。通常，我们必须调整甚至改写"需求"以适应"危机"与"胜利"这两个元素，这是因为喜剧中的"危机"必须是"需求"的反面（悲剧中的"胜利"则应该是"需求"的终极表现）。我们将在第10章与第11章分别详细讨论"危机"与"胜利"这两个元素，此时我们需要反复强调的是，"需求"内容富于灵活性，它需要与多个元素相匹配。只有在"危机"与"胜利"环节，"需求"才能最终被确定。

在电影院中观影时，我曾经努力地试图用果壳编剧策略概括每一部正在观看的电影，其实这并不容易。而在线浏览或者用DVD观看电影时，由于暂停或者回放可以帮助我们锁定需要特别关注的细节，寻找、标识果壳编剧策略元素的工作变得相对容易。如果在影院，寻找与标记果壳编剧策略元素会相当困难，其中最困难的莫过于寻找"需求"：首先，在影片开始后的一段不确定的时间内，我们需要猜测谁是主角（在极少数情况下，直到片尾主角才会露出真身）。其次，这个"需求"蕴含在影片的第一个场景里，通常情况下在这个时刻，观众还不是十分确切地明白他们所看到的影像与听到的声音，在影片播放的过程中，他们会根据所展示的声音与画面逐渐地整理细节，从而试图把握各个人物的行动，最终理清故事细节与人物彼此之间的关系。如果我是观众，在观看电影时，根据在电影第一个场景中看到与听到的信息确定"需求"，只能凭借经验与猜测，并不一定准确。即使结果正确，也没有任何根据，直到"转折点"，此时主角得到了他"想要的"事物，才能最终确定。也有可能在"转折点"仍然不十分确定"需求"是否准确，那是因为如果是喜剧，"需求"必须与"危机"相反（如果是悲剧，那么"危机"则相应地以"胜利"代替，"胜利"是"需求"的终极体现），"危机"或"胜利"直到电影的1:30:00才会出现。如果凭借对电影的第一个场景来猜测和断定"需求"，就可能会从已播放的电影信息中选择主角最渴望的事物作为"需求"的第一目标，而之前我们已经讨论过，主角最渴望的事物并不一定是"需求"。从准确性来看，在第一个场景判断出"需求"与在第25分钟的"转折点"、在第90分钟的"危机"或"胜利"环节做出的判断相比，正确的概率差距十分明显。

　　与其根据主角最渴望的事物来猜测，我宁愿快速记录下这个场景所发生的事情，将注意力更多地集中于第一个场景中的关键对话，或者节拍——如果第一个场景中没有出现主角的话。然后我可能会冒险猜测。接下来在"转折点"，我会考量主角没有得到的事物，看是否就是主角在第一个场景的"需求"。有时至此便可确认，有时仍然不行，不管怎样，此时仍然不能确认"需求"的最终结果，要等剧情发展至"危机"或"胜利"时，观察"需求"与"危机"或"胜利"的关系（在喜剧中与"危机"相反，在悲剧中则为"胜利"的终极体现）。通常情况下，我还是不得不回看影片的第一个场景，快速回顾我草草记录下来的人物对话笔记。有时甚至看不到"需求"与"转折点"之间的联系，通常在"危机"或"胜利"环节，根据它们与"需求"的关系判断，答案便已经十分明了了。

　　无论你是否有自己独特的构造故事与分析电影的技巧，"需求"永远是最难确定的故事元素，它通常要在其他元素尘埃落定之后才能够得以敲定。在"转折点"，我们还要考虑到各种可能性，只有在"危机"或"胜利"环节才能确认"需求"是否准确。

[59]

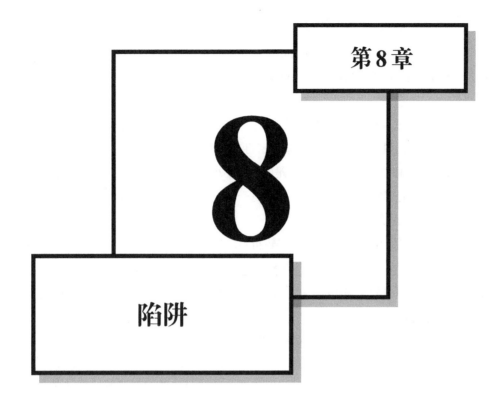

第8章

8

陷阱

陷阱：

- 它来得如此直接与突然，它是"转折点"的一部分。

- 它是主角在"转折点"**不想**得到的事物，它在这个时间点自己浮现，不需要特别说明。

- 它将成为对主角"弱点"的完美测试。

同时：

- 它在主人公看来是"陷阱"。

- 它作为"转折点"不可分割的一部分出现，而非在晚一些时刻出现。

- 正因为它是"转折点"的一部分，它一般出现于第30页或0:30:00。

本章讨论的果壳式电影

《谍影重重》（*The Bourne Identity*, 2002）

《勇敢的心》（*Brave Heart*, 1995）

《泰坦尼克号》（*Titanic*, 1997）

《窈窕淑男》（*Tootsie*, 1982）

《非常嫌疑犯》（*The Usual Suspects*, 1995）

《阳光小美女》（*Little Miss Sunshine*, 2006）

《第六感》（*The Sixth Sense*, 1999）

在"果壳策略图"中，"陷阱"位于"转折点"前后，以提醒我们一个事实："转折点"与"陷阱"之间的关系是紧密且直接的。在"转折点"主角得到了自己在"需求"环节想得到的事物——但是同时，要小心那些愿望！在"转折点"，角色得到了他们想要的事物，但这种得到有时是一种反讽。与此同时角色也遇到一些他们并不想要的，那就是"陷阱"。

影片《谍影重重》中伯恩在"转折点"实现了"需求"中渴望的事情：弄清楚自己的身份，保险箱揭示他是杰森·伯恩，他拥有多个护照，有一把手枪和一些现金（14%～15%，0:15:57-0:18:21）。伯恩得到了他想要的，而"陷阱"是：看起来他是个危险分子。

"陷阱"不是一个新信息或者一个新事件，也并非一个会在第2幕持续发酵的大麻烦，它直接与"转折点"连接，因此发生于第2幕之前。它是一个特殊时刻，自伯恩看到保险箱中的物品，明白自己可能是个危险分子的时刻开始，他就必须面对这样的世界了。

理想情况下，在"转折点"，"陷阱"是不言而喻的。比如我们读到伯恩的"转折点"——保险箱揭示他是杰森·伯恩，他拥有多个护照，有一把手枪和一些现金——就会随之猜测到"陷阱"。多重身份、枪和现金，看起来似乎有些危险，我们会联想到某些罪犯的保险箱。

我们要将"果壳编剧策略元素"尽量浓缩至最少的文字，以便填写于表格中。正由于此，"陷阱"不可能总是与"转折点"的表达一致。"陷阱"也许在形式上并非在"转折点"处不证自明，但它必须在故事的此刻出现，无论在电影中还是在剧本上均应如此。

还记得之前我提到的一个案例吗？工作室的编剧根据报纸上的一篇新闻报道开始用"果壳编剧策略"创建一个故事。故事的主角是一位女警察，"需求"是让她的儿子了解自己的工作或者让他立刻闭嘴。这两个"需求"结果在"转折点"阶段同时存在，因为她同时得到两者：儿子与女警察一起坐车执勤，被杀。这里的"陷阱"是显而易见的：她的儿子死于非命。女警察得到了她想要的结果，但是也得接受那个她不愿面对的结果。

电影《勇敢的心》也与此类似。苏格兰人准备与英格兰人战斗，主角是8岁的威廉·华莱士，他准备与大人一起出发。他宣称："我可以打仗！"他的父亲对孩子的战斗力非常认可，但是作为父亲，他不会允许儿子前往，他说："真正的男子汉还需要智慧。"打仗的能力并不是成为男子汉的关键，只有当他思考何时去战斗、为何要战斗时才会由孩子蜕变为一个真正的男子汉。小威廉的"需求"就是找到战斗的理由，而他身边的人则不停地给予他不能去战斗的理由。在下一个节拍，他的叔叔夺走他手里的剑，用手拍拍威廉的头说，"先学会用脑子，"又看看手中的剑，说道"然后我才会教你如何使用它。"成年后的威廉（梅尔·吉布森饰演）想要追求梅伦——他未来的妻子，而梅伦的父亲只有在威廉承诺远离已经开始酝酿起义的苏格兰叛军时，才会同意他们的婚事。

"转折点"出现在当他的妻子被英格兰人杀害时（25%，0:44:36-0:45:58）。此刻威廉已经得到他想要的——战斗的理由，他领导的苏格兰人投入一场全面反抗英格兰统治的战争中。何为"陷阱"？这应该是不言而喻的。威廉在"转折点"得知他的妻子被英格兰人杀害，此时他也得到了他所渴望的战斗的理由，那么他不愿面对的事物是什么呢？这个可怕的"陷阱"就是"妻子的死亡"。

如果我们在果壳编剧策略图中读到"需求"与"转折点"的内容，理想情况是当主人公得到的是他并不希望得到的结果时，"陷阱"是不言而喻的，正如我刚才所列举的两部影片一样，有时还会更加明显一些。

在电影《泰坦尼克号》中，"转折点"对于主角罗斯而言是她从栏杆回身时不慎掉下，杰克拉着她的手救了她（20%~23%，0:38:16-0:43:56）。这也实现了她的"需求"，那就是落水（因为她想自杀，认为泰坦尼克号如同囚笼，载着她通往一场并不理想的婚礼）。"陷阱"是什么？似乎不像之前的例子那么明显。其实"陷阱"就是她遇到杰克。"转折点"与伴随出现的"陷阱"是第1幕最后发生的事，此时整个世界都是灰色的，只有当我们迈进第2幕时，才踏上了一片色彩缤纷的土地，那时我们的主角开启了一项新的冒险旅程。对于罗斯而言，她的冒险之旅真正开始于她遇到杰克之时。从此刻起，一切都改变了，他们彼此吸引，相互爱恋，他们的命运开始交织在一起。虽然这不是像爱人生命的逝去那般明显的"陷阱"，但她遇到杰克的时刻正是罗斯的故事真正开始的时刻，她最初的性格"弱点"是懦弱，最终她在剧情结尾处获得了勇敢的"力量"。

"陷阱"的作用之一是将主角带到第2幕。在"转折点"，主人公得到他们"需求"的事物，这意味着如果没有"陷阱"（它是主角需要面对的一个新困境），我们已经解决了一个主要冲突（"需求"）。没有冲突就没有戏剧性，戏剧性是故事（也就是银幕上看到的全部）延续的重要条件。除非"陷阱"出现，否则故事就此结束。

然而"陷阱"并不是新的信息，也不是新的事件，更不是进入第2幕之后的新困境。它的出现突然且直接，伴随着"转折点"的结果而来。思考"陷阱"时可以考虑以下问题：在"转折点"主角得到了他们"需求"的事物的同时，也得到了他们

[63]

不想要的吗？如果还是无法确定"陷阱"是什么，那么接下来再考虑两个问题：当第2幕开始时，故事是不是已经结束了呢？此刻主角的困境是什么？因为如果没有困境，就不会有冲突，故事就难以继续下去。

从主角的角度来看，"陷阱"带来的威胁是很严重的，但并非不可战胜。在影片《窈窕淑男》中主角迈克尔·杜丝（达斯汀·霍夫曼饰演）是一个失业的演员，渴望表演的工作机会。"需求"就是一份工作，他在"转折点"得到了一份工作，男扮女装去试镜演一位女性角色，他实现了"需求"——一部肥皂剧同意迈克尔参演一个角色（22%，0:25:19-0:25:23）。"陷阱"是他必须假扮女人，迈克尔特别向室友夸口说这个机会是他作为演员的最大挑战之一。他把"陷阱"描述得更像一件大喜事！主角有可能试图将"陷阱"表达成一种积极的力量，而对于观众而言它显然是一个大麻烦。迈克尔有可能假装很喜欢这个来之不易的机会，其实我们知道他更想做一个不需要男扮女装的演员。

大多数故事存在两种可能被人们称为"陷阱"的节点，但只有一种是真正的果壳编剧策略中的"陷阱"。还有一种让主角获得"力量"的节点，编剧偶尔会把它误认为是"陷阱"。这种错误可以举例来看，比如我们可能误以为《窈窕淑男》的"陷阱"是迈克尔"发现穿着女人的鞋子走路并不舒服"。这个困难让他得以在结尾处获得"力量"，从穿女人的鞋子走路的经验中懂得了钦佩、赞赏女性。

在亚里士多德喜剧理论（我将稍后阐释悲剧中的"陷阱"）中，"陷阱"是伴随着剧本中主角的"转折点"发生的，位置在进入第2幕之前。"陷阱"的确也是导致主角在影片结尾处获得"力量"的根本因素。进入第2幕之后，主角将面对他们最大的麻烦。第2幕一开始，迈克尔认为他的麻烦是必须假扮成女人，在整个第2幕，他的全部精力都围绕如何保守这个秘密。在第2幕结尾，迈克尔的问题已经不是必须假扮成女人，实际上，对于这份工作，他已经驾轻就熟、游刃有余，并且令人吃惊的是，没有人怀疑他男扮女装。"陷阱"分散了他对真正难题的注意力，真正的难题是他的"弱点"——不尊重女性。一直忙于假扮女人，以至于迈克尔都没有意识到"陷阱"包含着对"弱点"的最好测试。正是穿着女性的高跟鞋走路的生活经验才促使他走向转变，最终获得结尾处的"力量"：钦佩、赞赏女性。

在"转折点"主角实现"需求"，此刻编剧需要确保主角并不喜欢这一事实，从而确认"陷阱"是在"转折点"处附加出现的，是对主角性格"弱点"的完美测试。我们在第2幕设计的接踵而至的困境，都主要来源于这个"陷阱"。

[64]　　影片《窈窕淑男》的第2幕中几乎所有的困境都源于"陷阱"——他必须假扮成女人。

- 穿着适合杜丝·迈克尔女性形象的服饰，在一家俄罗斯茶餐厅与经纪人搭讪，并成功地愚弄了他，使他相信迈克尔就是一位女性。

- 迈克尔在经纪人面前自暴身份，并嘲笑他，迈克尔解释这一切都是为了新拍的肥皂剧中的角色，并且提出他目前需要一些现金。

- 他买了一衣橱的女性服装，却担心没有一个好的手提包。他精心策划，费力化妆打扮，极力掩饰不停冒出来的胡须。

- 得到肥皂剧的高薪回报，他现在可以资助室友拍戏，却不得不对辛迪（特瑞·加尔饰演）撒谎这些钱的来源，只能用得到国外姨妈的遗产来遮掩。

- 他想穿辛迪的衣服以乔装改扮，被她在卧室中捉个正着，当时迈克尔只穿着一条内裤，为了掩盖自己的狼狈，他假意继续脱衣与辛迪温存。

- 辛迪担心迈克尔不再联系自己，迈克尔立即假意允诺明晚一起吃晚餐，延续自己的疯狂计划。

所有这些复杂状况均源于迈克尔<u>必须假扮成女人</u>这一"陷阱"，并且这些事情均发生于第 2 幕开始的前 6 分钟！一个好的"陷阱"将会带来无穷的素材来测试主角的性格"弱点"。我们需要这样的一个好"陷阱"，它可以提供持续不断针对主角的进攻，特别是针对他们身上的"弱点"，这就是我们写第 2 幕时首要的任务：主角的"弱点"持续地受到各方面的考验，这种考验源于"陷阱"，并由"陷阱"引申开来。

此时可以注意到果壳编剧策略关注的元素，大多是在第 1 幕（"需求""转折点""陷阱"）与第 3 幕（"重大抉择""最后一步"）。如果在开始与结束的时刻正确地设置这些元素，它们将成为搭建第 2 幕的中流砥柱。第 2 幕的长度是其他章节的 2 倍，在果壳编剧策略图中，唯一与其直接关联的元素就是"陷阱"（它实际作为"转折点"的一部分发生于第 1 幕；"陷阱"包含着对在第 2 幕中"弱点"的完美测试）；"危机"或者"胜利"（发生于第 2 幕的最后部分）；"弱点"实际上并不在固定的时刻发生，人物的"弱点"在故事开始时已经存在——我们将在第 1 幕整个的故事过程中得到暗示，而只有进入第 2 幕以后，"弱点"才真正开始上场。

"陷阱"作为"转折点"的一部分，在第 1 幕结束时展示出来，它需要对"弱点"进行测试，以使我们确保"陷阱"与人物"弱点"之间存在冲突，并且这种冲突的影响贯穿整个第 2 幕。最终，"陷阱"与"弱点"将直接导致第 2 幕结尾部分的"危机"或"胜利"。在喜剧的"危机"环节，主角将呈现出与"需求"明显相反的状态（悲剧的"胜利"是"需求"的终极表现）。因此，喜剧中的"陷阱"是主角转变的开始，它通常会引导他们厌恶最初的愿望（悲剧中的"陷阱"是深陷于对最初的愿望进一步的渴望中）。喜剧中典型的"陷阱"将使最初的愿望变得不那么受欢迎，主

[65]

角通常会放弃这些愿望（悲剧中的"陷阱"将进一步深化主角对愿望的渴望，最终被这种渴望所摧毁）。

影片《窈窕淑男》的剧情如下。

需求：得到工作。

转折点：迈克尔得到一个肥皂剧主角的角色。

陷阱：他必须假扮成女人。

弱点：不尊重女性。

危机：想要辞职。

迈克尔遇到的"陷阱"是他必须假扮成女人，这是对他的性格"弱点"的最好的测试，因为他的"弱点"是他看不起女性。这两个元素合起来成为第2幕最基本的情节。纵观第2幕，他不仅一直伪装成女人，而且还对伪装一事尽力隐瞒；他正试图利用伪装成女人的便利条件，收集他感兴趣的信息。他的"弱点"——不尊重女性——不断地受到挑战，他对女性的直觉经验使他做出不恰当的举动而经常遭到男性的误解，但他则打算继续伪装下去。这样发展下去将使他的人生与所期望的越来越远，直到他达到故事中的极限——"危机"，此刻他极端厌恶自己的处境，他想要辞职，这与故事开始时他对这份工作迫切渴望的状况完全相反。

悲剧中的"陷阱"也会提供一个供主角发生改变的完美机遇，但是在这种情况下，主角无法改变他们的"弱点"，无法获得"力量"。喜剧的"陷阱"引导主角走向第2幕的结局"危机"，这是主角人生的低谷，与他们最渴望的结局完全不同，而悲剧与喜剧不同——"陷阱"交替出现进一步深化他们对内心渴望的追求，达到他们的"胜利"，即主角人生的最高点，是他们内心渴望的终极表现。

在影片《非常嫌疑犯》中，主角海关探员库科的悲剧的发展过程如下。

需求：亲眼看到基顿被捕。

转折点：警察让他审问"口水金特"。

陷阱："口水金特"看似身体残疾，像个傻瓜，实则聪明绝顶。

弱点：傲慢自大。

胜利：向"口水金特"证明基顿就是凯撒·索泽。

然而"胜利"只是短暂的一瞬间，由于《非常嫌疑犯》是悲剧，这就意味着库科无法克服他傲慢自大的"弱点"。正是傲慢自大的性格促使他自认为已经解开迷雾达到"胜利"，接下来他会做出一个傲慢自大的决定，即"重大抉择"：他允许金特离开。当金特伸直原先假装瘫痪卷曲的双腿，迈入一辆停在路边的汽车时，库科迈出了令人绝望的"最后一步"，他紧随其后追出大门，但为时已晚。

"陷阱"："口水金特"看似身体残疾却绝顶聪明，对库科而言，"陷阱"是贯穿第2幕对于他"傲慢自大"的性格弱点的测试，事件的真实情况，金特掩饰得天衣无缝，库科却表现出盲目自大；金特利用审讯办公室中摆放的物品中的琐碎信息，巧妙地编造故事，设计出一张大网；而库科傲慢地只想证明自己对案件胜利在握，真相浮现出来时为时已晚。

因此在悲剧中，"陷阱"是主角转变的开始，他们将进一步深化对"需求"的渴望，这种渴望将一直引导主角走向故事最后的毁灭。电影《非常嫌疑犯》中的"陷阱"——"口水金特"身体残疾且看似头脑简单，恰恰强化了库科的"需求"——<u>亲眼看到基顿被捕</u>。将金特视为白痴，反而在一定程度上令金特有机会把故事编得更加可信，库科却自作聪明，他不仅错误地延伸着自己的想法，而且认为自己已经拨开金特毫无头绪的描述，离凯撒·索泽的身份揭晓的时刻越来越近。库科最终猜出了谜底：基顿就是凯撒·索泽，他利用了"口水金特"。他被金特的种种描述所迷惑，被凯撒·索泽的故事所蒙蔽，被金特编造的故事所欺骗，最不幸的是，库科亲自释放了犯罪主谋，然而此时的真相大白对他来说已是为时已晚。

"陷阱"的好坏直接关系到"转折点"，对于故事的发展方向同样至关重要。此刻，为主角提前设置一个最紧迫的陷阱，设置一个对性格弱点的直接挑战。如果我们没有"陷阱"来检验性格"弱点"，会或多或少地影响第2幕故事的陈述，使其显得散漫而不着边际，最终成为一系列随机事件的堆砌。如果编剧这样写作，那就不是在创作故事而只是在描述情境。

如果条件允许，我们应该将"转折点"写下来，使"陷阱"成为显而易见的，以确保"陷阱"不是灵机一动的新想法，或是晚于第2幕发生，而是仅仅作为"转折点"的一部分并随之而来的事件。如果在读到剧本中"需求"与"转折点"的表述时，我们发现"陷阱"比较隐晦，则必须保证它处于第1幕结束之时。需要再次提醒大家的是，第1幕只能于"转折点"与"陷阱"出现时结束。

影片《阳光小美女》主角理查德"需求"是<u>一次成功</u>（他的第一个场景17%~20%，0:16:45–0:21:05，他正在进行一场励志演讲，题目是"世界由成功者与失败者组成"，而听众寥寥无几）。正是在这个场景中，<u>理查德到达了"转折点"（一次成功）</u>，何为"陷阱"？如果我们看过这部电影，或者电影恰恰播放至此刻，相对于"需求"与"转折点"的陈述来看，"陷阱"似乎并不明显，怎么办？让我来仔细描述一下发生于"转折点"的完整的故事事件（0:16:45–0:21:05）：

- 电话自动应答机提示有一条消息，他们的小女儿奥利芙入选加州选美比赛。
- 理查德与妻子谢丽尔争论他们能否负担得起参赛费用，因为家里所有的钱都被励志计划套牢。坐飞机肯定超出预算，他们选择了自驾，由于生活中存在太多变数，疯狂的家庭成员全部闪亮登场，一辆陈旧的大众汽车载着全家人出发。

[67]

- 理查德告诉奥利芙，比赛的全部意义在于赢（这也是励志计划的人生信条）。"你会赢吗？"他问女儿。"是的！"她响亮地回答道。理查德看到了他的希望。

这就是我之前所讲的，"陷阱"在"需求"与"转折点"处表现得不明显，但我们来仔细查看电影的0:16:45-0:21:05部分，它其实表述得非常清楚。在奥利芙入选加州选美比赛与她告诉理查德她会赢二者之间，整个家庭发生了第一场关于是否负担得起比赛费用的辩论，他们最终达成一致，前提是自驾并且全部家庭成员一起出行。这就是"陷阱"：全部家庭成员一起开车送奥利芙去加州参赛。

当我们创作剧本时，要确保"陷阱"对于读者而言在"需求"与"转折点"的表述中显而易见，如果不那么明显，也要确保它在剧本中出现的时刻为：第1幕结尾处（第25~30页）。

"陷阱"一定是主角的主观视角。在果壳编剧策略的各个要素中，其他要素均可用第三人称来表述。即便我们创作一部自传性质的剧本，也应以第三人称的角度来描述主角的故事，但"陷阱"是一个例外，"陷阱"一定要反映主角的内心感受，而不是将主角蒙在鼓里，读者或者观众反而都一目了然。电影《第六感》的主角马尔克姆·克罗博士的"需求"是帮助处于最大困境中的孩子。"转折点"是科尔成为他的第二次机会。那么，随之而来的"陷阱"是什么？

是"马尔克姆被杀"，还是"马尔克姆实际是一个鬼魂"？两个都不是。在"转折点"，马尔克姆并不知道自己已经死亡，因此以上两句陈述均不是主角的主观视角（此刻观众也不知情；只有看过此片的人才会了解他是一个幽灵）。"科尔可以看见死去的人"同样也不是"陷阱"，同样的道理，在影片的0:50:26之前，马尔克姆对于这一点也一直不知情。

在同一个场景中，科尔成为马尔克姆的第二次机会（第一次治疗之时），同时科尔告诉他，"你是好人，但你帮不了我。"从马尔克姆的视角来看，"陷阱"就是科尔对他没有信心。科尔是马尔克姆实现他"需求"的第二次机会，即帮助处于最大困境中的孩子们，即使他对第一个病人的治疗以失败告终，马尔克姆也不会因此而放弃，原因正是科尔对他没有信心。这个"陷阱"正是对马尔克姆性格"弱点"的最佳考验，因为他对自己也信心不足。

[68]　"陷阱"的设定是否鲜明十分关键，它关系到主角如何面对第2幕初始时即将到来的挑战。好的故事当然需要一个绝佳的"陷阱"。

接下来让我们分享一封邮件，它是工作室的一位编剧同事发给我的。他写邮件是为了通知我，由于胃痛不能参加当晚的会议。"但是现在，我终于理解'陷阱'是

如何运转的啦,"他写道,"最近,我的'需求'是:减一点体重,我在'转折点'
处实现'需求',那就是:由于感染病毒,我减掉5磅(约2.27千克)。而'陷阱'
呢?显而易见——生病可不是闹着玩的!"

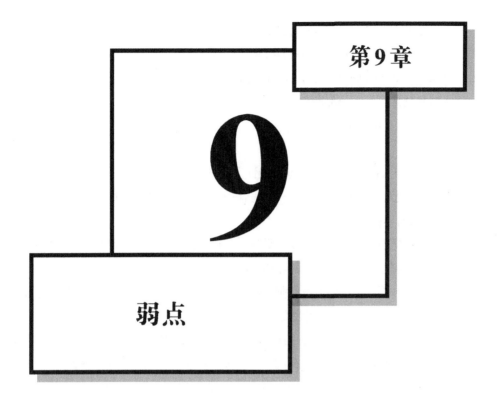

第9章

9

弱点

弱点：

- 它是某种特定的"弱点"，有且只有一个，最好能用通俗的词语表述。
- 它必须建构在主角能控制的因素之上。
- 它可被"陷阱"完美地测试，应贯穿第1幕与第2幕，尤其是第2幕，并且要清晰明显。

在喜剧中：

- "弱点"与"力量"相对，主角将在剧本结尾处获得"力量"。
- 在"重大抉择"与"最后一步"两个环节中，主角将远离"弱点"，走向"力量"。

在悲剧中：

- "弱点"与"力量"相对，主角在剧本结尾处无法获得"力量"。
- 在"重大抉择"与"最后一步"两个环节中，主角无法远离"弱点"，走向"力量"。

本章讨论的果壳式电影如下

《窈窕淑男》（*Tootsie*, 1982）

《北方风云》(*North Country*, 2005)

《傀儡人生》(*Being John Malkovich*, 1999)

《谍影重重》(*The Bourne Identity*, 2002)

《逃离德黑兰》(*Argo*, 2012)

《目击者》(*Witness*, 1985)

我们每个人都有优点与弱点。设计良好的虚构人物当然也应该有优点与弱点。我们尤其需要为笔下的主角设定一个弱点——特殊的、独具个性的"弱点"，主角将在剧本结束时不得不正视它。

主角的"弱点"是创作中最重要的一个元素，因为它包含着整个故事的源代码，绝非可以随意地附加在剧本中的某些可有可无的因素上。主角的"弱点"就是故事的灵魂，这个"弱点"与主角克服它的过程共同构成了故事本身，可以说是故事最核心的环节。然而，我有时也会看到编剧把它排除在外。

曾有一部电影，在开拍前两周我被邀请作为剧本顾问参与讨论。他们希望我快刀斩乱麻，解决剧本当前存在的问题，无奈剧本结构并不理想，我的建议是重写剧本。这个电影故事以真实的历史事件为基础，电影投资人比较懂行，却是第一次执导电影。我的具体意见是：由于直到开拍前，这部电影想要表达的意图仍然不明确，因此并没有具体的解决方案来修改或重写剧本。首先最不明确的就是主角的性格"弱点"。投资人立刻插话说，这很简单。弱点就是另一家伙搞砸了，他们得不到足够的弹药。我否认了这一点。"弱点"不是别人做了什么，而是主角的核心弱点是什么，想让观众很快地了解这个故事，就必须先确定主角的性格弱点。

投资人并非职业编剧，他并没有考虑这些剧本的具体概念与元素，因此他讲的属于剧本创意。只有确定主角的"弱点"之后，我才可以规划重写剧本的事情，以保证重写之后可以展现一个令人满意的故事。主角必须有明显的性格弱点，没有弱点就如同一个人没有心脏，故事只能是发生于主角身上的无数随机事件的简单堆砌。好的故事显然不是这样。第2幕发生的每一件事都会由于主角的"性格弱点"而成为他的难题。性格弱点就像发芽的种子一样，会逐渐支撑起一个完整的故事。

影片《绿野仙踪》讲述了一个堪萨斯农场女孩的经历，她一觉醒来发现自己身在魔幻的奥兹王国，之后经历重重难关返回家乡。她沿着一条小路前行，沿途历经各种危险，才找到可以为她指明回家之路的魔法师。最后的事实证明，她有能力独自回家，她认为"没有比家更好的地方"。此乃情节。

《绿野仙踪》中这个小女孩真正的"弱点"是什么呢？在家里时，在困难面前，她选择逃避而不是勇于面对。她试图离家出走，然后梦想成真，她在离家万里的地方醒来。然而在这里，她发现有更多新的困难出现在面前，比原来的那些困难更可怕、更难以处理。当她最终回到家时，她感到前所未有的安心，新大陆不会解决任何问题，而只会令情况变得更糟。相反地，自家小院远比任何地方都令人依恋。此乃故事。

情节是事件的顺序，是故事向前发展的过程。故事（喜剧）是主角所经历的情感之旅与内心变化，悲剧则是主角不能承受的情感之旅与内心变化。仔细比较之后，许多电影情节均以空间的旅程展开。这是一个非常重要的隐喻，它的核心点在于所有伟大的故事都会向我们展示一段情感变化的历程。然而如果我们创作的主角没有核心"弱点"需要去克服，他们的旅程将无处可寻。

正如我在第8章（陷阱）中所言，第2幕在很大程度上由多个困境所驱使，形成"陷阱"与主角的"弱点"之间的冲突。因此运用"果壳策略"时，我们需要考虑设置的"弱点"与"陷阱"之间的关系是否为对应的考验关系，它关系到剧本第2幕整整60页的内容。理想状况下，"陷阱"是对主角性格"弱点"的完美测试。

果壳编剧策略元素的设定并不是百分之百地按故事时间顺序进行。虽然大多数果壳元素在剧本与电影中都与时间相关联，"弱点"与"力量"却不是。"弱点"存在于主角展开故事之前，我们会在主角的第一个对话场景得到暗示，这种暗示贯穿整个第1幕。

需要记住的是，正如所有主角的"需求"都不止一个，主角同样也拥有多个性格"弱点"。《窈窕淑男》中的迈克尔·杜丝没有得到演员角色，经纪人告诉他，这缘于他在工作中难以合作，这可能是他最大的"弱点"，但这并不是"果壳策略元素"中的"弱点"。因为"果壳元素"中的"弱点"是故事结构的基石，是主角必须应对的那个性格"弱点"；在喜剧中，编剧将针对性格"弱点"在故事结尾安排一个大"变脸"，获得"力量"（在悲剧中，主角将无法改变"弱点"，无法获得"力量"）。影片《窈窕淑男》当然是喜剧，没有任何信息表明迈克尔在下一份工作中将会改进难以合作的缺点，因此它不是"果壳元素"中的"弱点"。

"弱点"不必是主角最大的缺点，它将被"陷阱"测试，正是在这种测试与互动中，主角改变了它，最终获得"力量"（喜剧），或者无法改变它（悲剧）。

那么迈克尔的"弱点"是什么呢？"陷阱"是<u>他必须假扮女人</u>，如何测试？迈克尔的"弱点"是他<u>不尊重女性</u>。不得不<u>假扮女人</u>，对于一个<u>不尊重女性</u>的男性而言，恰恰是最好的测试。电影中他夸张地穿着高跟鞋走路，这令他亲眼看到、亲身体会到与他一样的男人们如何对待女性，也将引导他在第3幕中走向改变。喜剧中，在"重大抉择"与"最后一步"，主角将采取两个明显的举措远离"弱点"，走向"力量"。迈克尔在第3幕也有两个步骤远离<u>不尊重女性</u>的"弱点"，走向"力量"——钦佩、赞赏女性，第一是"重大抉择"：<u>在节目直播的现场，他向所有人揭示自己是个男人</u>；第二是"最后一步"：<u>告诉朱莉自己已经改变，正试着做一个更好的人</u>。最后他完成了180度转变，学会钦佩、赞赏女性。

不尊重女性的"弱点"甚至不是迈克尔最突出的性格问题，却包含着整个故事的DNA。如果他没有这一"弱点"，整个故事就不会运转。实际上，电影的原始脚本正好出现了这样的问题。导演西德尼·波拉克正是因为这个原因，"至少六次拒绝了拍摄，因为原始剧本看起来太可怕了"，他在一次关于《窈窕淑男》影片创作的电视节目[1]采访中这样讲道，原始剧本没有任何核心故事，拖拖拉拉地讲了一个家伙假扮女人的故事，这正是因为"弱点"不尊重女性并不在原始剧本中。迈克尔的经纪人也讲过这样的话："假扮女人，太奇怪了。"波拉克说："这话令我灵机一动，如果我们将'假扮女人会令一个男人重新改头换面'作为叙事线，我们的电影就会言之有物。"正是在这种想法的启发下，波拉克才找到了重写剧本的途径，"我们必须让他先做一个坏人，而且必须以一种精确的方式让他的缺点突出，假扮女人这一点恰如其分地点醒了我们，这个缺点一直延续至结尾处，他才会改变，变得更好。"波拉克这样说。

"弱点"是故事的本质。《窈窕淑男》本质上是一个不尊重女性的男人的故事。设置这一个"陷阱"，就有了迈克尔必须假扮女人的情节，这是他面对"弱点"的策略，是改变的开始，也是最终变得钦佩、赞赏女性的原因。

寻找主角的"弱点"，对新手而言可能是一个全新的挑战。我们不能总是想到有缺点的英雄。无论主角多么高贵，至关重要的一点是"弱点"要被"陷阱"测试；无论主角多么可怜，都要确保主角的"弱点"成为故事的关键，主角将在结尾处克服它，改变自己，最终获得"力量"（喜剧），或者无法克服它，无法改变自己，无法获得"力量"（悲剧）。

影片《北方风云》是以受害者为主角的绝佳案例，故事非常感人，只可惜看过此片的人并不多。我们先简要地概括一下故事情节，但如果你对受害者的"弱点"有所疑虑，请提前详细观看影片，我认为受害者的"弱点"不仅是故事的核心，也极大地提升了我们对角色的尊重与理解。

乔茜·艾姆斯（查理兹·塞隆饰演）生活艰难，不堪忍受家庭暴力，带着两个孩子逃至父母家。父亲责问她是否欺骗她的丈夫，母亲则力劝两人复合。在她的城市里，乔茜无法得到任何人的尊重。自从十几岁生下第一个私生子以来，她就一直背负着坏名声。由于她拒绝透露孩子生父的身份，小镇上的人都认定她行为放荡。

纵观整个故事，乔茜是一个彻头彻尾的受害者。当她听到当地的煤矿可以合法雇用女性矿工，并且工资是她目前收入的6倍时，她决定应聘成为一名女矿工。实际上为数不多的女矿工并不受欢迎，她们长期忍受着来自男性矿工的性骚扰，包括污秽言语、恐吓威胁、动手动脚等。乔茜曾经的高中男友，现在是矿上的一名主管，他的出现并没有令情况好转反而变得更糟。最终她遭受多次袭击与性骚扰，被迫离职。乔茜说服一名律师以性骚扰的罪名起诉这家煤矿。同时，代表煤矿利益的女律

1《故事》（*On Story*），系列电视节目，201集："创造了令人难忘的人物。"2012年5月26日。

师"揭发"乔茜曾有多个男友，诸多男友中还包括她的高中老师，并且暗示乔茜因为滥交甚至不知道孩子的生父是谁。

电影进行至此，令人非常压抑。电影是否在暗示乔茜的"弱点"是滥交，这是否就是她所有问题的根本原因？因为在小镇上，几乎所有的人都这样认为。然而接下来，在"重大抉择"之处，乔茜<u>透露出</u>一个惊人的秘密：她孩子的父亲正是那名高中老师，他强奸了她，而她当时的男友正是那名煤矿主管，他亲眼看到了乔茜被强奸的过程，却并未施以援手。

喜剧中"重大抉择"是主角远离自身性格"弱点"，走向"力量"的第一步。正是因为乔茜的改变，影片《北方风云》才成为亚里士多德式喜剧，她终于变得更好。在第1幕与第2幕均未确定的"弱点"，终于在"重大抉择"出现，那就是<u>大声讲出往事</u>，了解到"重大抉择"正是远离"弱点"走向"力量"的重要一步，这是标准的喜剧模式。她的"弱点"最终真相大白：<u>她缺乏自我珍惜的意识</u>。她耻于谈起被强奸时她的高中男友没有赶来帮助她的往事。多年来她一直背负着这种羞辱，直到在法庭上，她依然秘而不宣，这样的结果是她在成长过程中长期<u>缺乏自我珍惜的意识</u>。也正因如此，小镇上关于她的流言蜚语四处漫延，人们猜测她生活放荡。因为这些胡乱猜测，性骚扰事件更加频繁地落到她头上。

那么，编剧是否暗示乔茜罪有应得，或者应该为被性骚扰承担部分责任呢？不，绝对不是。没有人应该遭受这样不公平的待遇，无论她声誉如何。在法庭上，她应该得到正义，无关声誉。她也从自身的性格"弱点"中解放出来，不能因为别人犯下的错而<u>缺乏自我珍惜的意识</u>。

正是由于她<u>缺乏自我珍惜的意识</u>，才会对强奸事件保持沉默，导致她生活中遇到一系列的难题。她的"弱点"丝毫没有免除或减少矿工对她的伤害，与此同时，沉默与退让进一步使她置身于男矿工的欺压之下。当她看到曾经强奸自己的人自由地出入公众场合，她对自己毫无来由的坏名声感到更加羞耻，继而这令她陷于更多被欺凌的困境之中。男矿工们正是因为丝毫没有对性骚扰的负罪感，才将发生的这一切视作正常，只有她徒然为过去的痛苦经历而伤悲。如果不公开强奸案，她将会带给自己更多压力。

持续的性骚扰已经形成一种氛围，煤矿工地的男人们都不认为这是犯罪。电影《北方风云》是根据真实事件改编而来，那是美国第一次集体性骚扰诉讼案，最终以女矿工们的胜利而告终（对这一判决的上诉被推翻，然而煤矿与妇女们最终达成协议）。这才是真实的事件结果[2]。但是没有人愿意看到主角仅仅是一个单纯的受害者，这也正是编剧增加乔茜缺乏自我珍惜的"弱点"的原因（电影《北方风云》被认为

[75]

---

2 克拉拉·宾厄姆和劳拉·利迪·甘斯勒，《法网雄心》（*Class Action*）：路易斯·杰森的故事是具有里程碑意义的案件，促进了性骚扰法律的完善（纽约：布尔，2002）。

是对真实事件的虚构）。作为观众，我们不仅想看到罪犯最终受到惩罚，我们需要看到更多。我们想看到主角完美的性格成长弧，在喜剧中这要求主角基于最初的性格"弱点"发生180度转变，最终在结尾时得到"弱点"的相反面"力量"。喜剧通常会以皆大欢喜的局面结尾，由于情节中可能没有那么多的幸福境遇，因此对主角而言，学会克服"弱点"，获得"力量"，并由此成为一个更幸福、更快乐的人，也是一种幸福结局。

经历了煤矿的可怕遭遇，她<u>缺乏自我珍惜</u>的"弱点"演变为她的痛苦，乔茜最终被迫改变，在"重大抉择"中毫无保留地<u>讲出了</u>高中被强奸的经历，电影中她的这个举动感动了矿上其他的女矿工，她们相继站出来加入到她的诉讼中。乔茜"重大抉择"已经从缺乏自我珍惜的"弱点"中走出来，她最终学会了"弱点"的相反面：<u>骄傲</u>，也就是"力量"。当她讲述被强奸的往事之时，她不再遭受异样的目光。对方律师终于停止对她私生活的不断质问（在真实案件中，所有女性矿工均被详细质问关于性生活的经历[3]）。乔茜明白她的过去并没有什么令人感到羞耻的，而她曾经忍受的来自男性的侮辱，也不再令她难堪，他们罪有应得，她应该为她的行为感到<u>骄傲</u>而非羞耻。在最后一幕，我们看到她迈出了"最后一步"，此刻的乔茜已经远离<u>缺乏自我珍惜</u>的"弱点"，朝着她最终获得的"力量"<u>骄傲</u>而去。她满含笑意地让自己儿子第一次坐上驾驶位，开始学习驾驶汽车，她的笑容传达着一种骄傲，她由衷地为养育了这么优秀的孩子而骄傲。

影片最后，主角乔茜（查理兹·塞隆饰演）在"最后一步"完成了从<u>缺乏自我珍惜</u>的"弱点"向骄傲的"力量"的转变。《北方风云》，2005年，斯科曼帝克制作有限公司。

每一个角色都有成长与改变的空间，这正是编剧笔下的主角需要一个真正的

---

3 同上。

"弱点"的原因——无论他们多么高贵，也无论他们曾经受过多少苦难——故事的核心就是这个"弱点"。在喜剧中，这个"弱点"将会引导他们发生180度转变，在结尾处获得"力量"；在悲剧中，主角无法改变"弱点"，最终无法获得"力量"。

如果剧本中的人物确定是一个失败者，忍受着巨大的痛苦，而这种痛苦并非自己做错事造成的，那么他/她决不能成为剧本的主角。在电影《暴劫梨花》（非果壳式电影）中，朱迪·福斯特由于完美地演绎了莎拉·托拜厄斯这一角色而赢得了奥斯卡最佳女演员奖，莎拉·托拜厄斯在酒吧中被轮奸，但她并非主角（要对美国电影艺术与科学学院保密哦）。副检察官（由凯利·麦吉利斯饰演）起诉施暴者，为旁观者的正义而欢呼，她才是真正的主角，因为只有她改变了整个故事的进程。她的"弱点"在于职业要求她保持一种客观立场，但是最终她改变并获得"力量"，那就是悲悯与同情。

悲剧也是如此，如果人物犯了谋杀罪而逃脱处罚，那他们就不能成为剧本的主角，甚至不能成为影视作品中的人物（类似的重罪与轻罪的例子将在第16章"使用'神秘主角'来构建非传统故事"中进行详细论述）。

绝大多数电影故事结构符合亚里士多德式喜剧范式。在喜剧中，主角将在"陷阱"出现时发现它正是对"弱点"最理想的测试，这将会导致他们逐步走向低谷。在喜剧的第2幕，主角遭遇倒霉事件时，观众基本都在笑，并且倒霉事件一件接着一件，主角的命运急转直下。在最低谷时"危机"出现，此时正值第2幕结束。这一刻他们的人生将出现转机，并在第3幕开始时做出一个决定，即"重大抉择"，这个决定将带领他们远离"弱点"走向"力量"，这次决定引发的逆转将在"最后一步"完成。正是这个从"弱点"中思考、学习并获得"力量"的转变过程，令喜剧主角们得到皆大欢喜的结局。

在悲剧中，主角们也将在"陷阱"出现时，发现它正是对"弱点"最理想的测试。但是从这里开始直到故事结束，他们将走上一条完全不同于喜剧的人生之路。尽管在第2幕，"陷阱"均是对"弱点"的测试，而悲剧主角通常会在每一次测试中胜出。这将推动悲剧主角逐步走向最高点"胜利"，也正是他们在故事中功成名就的巅峰时刻。而在"重大抉择"他们并非远离"弱点"，而是失去转机，一直沿着"弱点"的方向前行。在"最后一步"，他们将失去最后一次远离"弱点"的机会，当然也无法获得他们所需要的"力量"，这样的过程最终引领主角走向不幸福的结局。

接下来让我们以电影《傀儡人生》为例研究一下悲剧的发展过程。主角克雷格·施瓦茨（约翰·库萨克饰演）最"想要"的是财富，在"转折点"，他发现了一个入口，从这里可以进入著名演员约翰·马尔科维奇的大脑，克雷格告诉玛克辛，他想出了一个发财计划（23%~30%，0:26:42—0:34:25）。"陷阱"是他的伙伴玛克辛感兴趣的只有钱与权力。这将是对他的"弱点"——骄傲自满的最好测试。正是由于骄傲和对玛克辛的着迷，克雷格才不断地说服自己玛克辛是真心想与自己在一起。然而对观众而言，真相显而易见：玛克辛只关心钱，克雷格成为著名演员马尔科维奇后能带来巨大利益。

最终的"胜利"不仅是他人生最成功之处，也是他最初的"需求"——拥有财富的终极表现，此刻为 1:28:06-1:28:33（78%）：成为约翰·马尔科维奇之后，克雷格拥有了想要的一切：名誉、财富，还有玛克辛。接下来，在"重大抉择"中他迈出了错误的一步，当玛克辛被绑架时，进一步陷入性格"弱点"——骄傲自满的泥潭。莱斯特表示，如果克雷格不离开马尔科维奇的大脑，他们将杀死玛克辛，于是克雷格离开了马尔科维奇的大脑，希望这样做可以证明他对玛克辛的爱。然而，玛克辛对真实的克雷格·施瓦兹并没有任何兴趣，她喜欢的是洛特。克雷格在"最后一步"加剧了他的痛苦，他进入了一个孩子的大脑中，这个孩子正是玛克辛与洛特共同抚养的，已经七岁。他试着转移孩子的视线，却做不到，他透过孩子的眼睛看到的是玛克辛与洛特在快乐地拥抱。克雷格的悲剧结局源于他未能学习并获得谦卑的"力量"。

在故事的结尾学会或体验谦卑，对于喜剧而言太迟了。在喜剧中，主人公远离他们的"弱点"走向"力量"时，应同时在"重大抉择"与"最后一步"有所体现。影片《傀儡人生》是典型的悲剧，这是由于克雷格进一步强化了他的"弱点"骄傲自满，而非远离它，当"重大抉择"来临时，他仍然抱有幻想，认为玛克辛可能会被他的牺牲所感动而重回他的怀抱，尽管他向莱斯特抗议，如果离开了马尔科维奇，他对玛克辛而言毫无意义。"最后一步"，当他试图控制孩子的视线而失败时，他的"弱点"骄傲自满表现得更加突出。

将果壳编剧策略运用于我们创作的剧本中，需要尝试使用一些用词尽可能少的短句来填写果壳编剧策略图，"弱点"是最好的尝试，因为它通常只需要一个词来概括。我们也要试着尽量用带有普遍性的术语来标注主角的"弱点"（比如贪婪），尽量不要将"弱点"描述陷于情节之中（比如，想即刻继承遗产）。想想"七宗罪"，其中有典型的"弱点"：傲慢、嫉妒、暴食、懒惰、贪婪、淫欲、愤怒。

我们要让主角的"弱点"看起来是真正的性格弱点。比如"骄傲（pride）"一词，有自豪之义，带有褒义，就尽量不使用，因此在选择"弱点"时我们需要重视词语的准确意义，以确保它作为一种性格弱点出现，如《傀儡人生》中克雷格骄傲得过了头，就是过度自尊。理想的"弱点"最好是观众一看就会产生反感情绪的那种。影片《北方风云》中乔茜的"弱点"是缺乏自我珍惜，这并不是我印象中最严重的弱点，但是电影中，由于这是她的痛苦之源，她对此负有责任，并且她需要从中学会改变，并走向"力量"，因此乔茜的"弱点"运转良好。

总体来看，剧本中人物的"弱点"还要尽可能地不让人产生同情之感。以下是一些备选的同义词语可以印证这一点。这些有着微妙不同的词语，对于人物性格"弱点"而言，可以增加角色的与众不同，增强他们的"陷阱"被测试时所能引起的感情共鸣。

不太适合的词语：	更好的词语：
骄傲	自负、自大、狂妄
胆小	被动
害羞	自卑
理想主义	幼稚
大胆	鲁莽
忠心耿耿	缺乏远见、痴迷
有主见	自以为是
缺乏信心	丧失信念

要确保"弱点"真的是主角的错，这些错误是他们主观上可以控制的，也是可以改变的。在电影《谍影重重》中，杰森·伯恩已经失忆，他深陷其中无法自拔且无法控制这一点，因此失忆不是"弱点"。在第2幕，他开始拼凑过去的一些信息，在第2幕结束之时，他终于揭开自己的真实身份之谜：他是中央情报局的一名杀手，如今被其列入必死黑名单。这也不是他的"弱点"，因为他不能控制他的过去。他所能控制的只有自己当下的行动，每一次他遭遇到一位大人物或者跟踪他的杀手，他立刻予以致命一击。他的"弱点"是<u>无意识地做出反应</u>。他表现得好像自己仍然是中央情报局的杀手，这使他意识到自己摆脱不掉这个身份。因此在第3幕开始时，他开始改变，最终他学会了相反面，<u>有意识地生活</u>。

类似于"精神疾病"的问题不可作为"弱点"，因为主角必须有能力改变"弱点"并学会其相反面，比如"酗酒"就不是我们寻找的那种令人信服的"弱点"。较之于其他行为，酗酒更应该被理解为某些内在性格"弱点"影响的结果。编剧们应该思考的是：什么才是导致酗酒的最深层性格"弱点"？对于不同的酗酒者而言，答案也是不同的。最深层的性格弱点可能是自私，一个酒鬼从根本上讲当然是自私的。当然，如果他们有家人或朋友生活在身边的话，他可能会这样讲："比起你，我更乐于享受美酒。"这个酗酒者最终不会放弃酒精，因此如果他是主角，"弱点"的最佳描述是"自私"。但是对于别的酗酒者，情况可能就会不同，也许他独居一人，那么核心的"弱点"可能为"缺乏自我价值感"。前一种情况，由于酗酒与主角的自私使然，主角的妻子一般都会离他而去。而后一种情况，我们可以借此创作一个新剧本，主角设定为一个悲惨的离了婚的人，他很清楚自己酗酒是不好的。这是一个可怕的问题——他觉得没有一个人愿意与自己生活在一起，或者愿意爱自己。此刻，他的核心性格"弱点"不是"酗酒"或者"自私"，而是"缺乏自我价值感"。

创作剧本时，要保证主角只有一个核心"弱点"以及与之相对应的"力量"。如果一个人物有多个"弱点"，如同现实生活中的真实人物一般（关于这一点，我很抱歉，现实确实非常残酷），我们需要准确地确定其中一个作为核心"弱点"，填入"果壳编剧策略图"的相应位置。我们只需要一个核心"弱点"，它是主角性格在故事中不断发展改变的基础，它最终会被克服（这当然是喜剧的故事情节，在悲剧中，主角始终无法获得"力量"）。拥有两个或者更多的"弱点"和与之对应的"力量"，并不能使故事更加牢固，反而会使故事主线不明确。

电影《逃离德黑兰》的叙事存在的最大的问题即是如此，它虽然获得了奥斯卡最佳影片奖，却未能完全吸引我。主角托尼·门德斯缺乏强有力的核心"弱点"，因此他获得的"力量"并未与他的性格变化相联系。电影中可见的"弱点"有：<u>工作重于家庭，孤独，过于负责</u>。《逃离德黑兰》属于亚里士多德式喜剧，主角发生了改变，最终变得更好。而喜剧应该使观众看到，在"重大抉择"时刻主角远离"弱点"获得"力量"，然而在《逃离德黑兰》中，我们并没有看到这一点。在主角的"危机"之后，<u>老板告诉他新的任务</u>（解救六名美国使馆工作人员，离开伊朗）（64%~65%，1:16:44-1:17:43），"重大抉择"是<u>他告诉老板，他将违抗命令，对此事负责到底</u>。"重大抉择"对于托尼远离三个"弱点"（<u>工作重于家庭，孤独，过于负责</u>）没有任何作用，反而强化了三个弱点（他更加看重工作，他的决定将令自己孤立无援，他将对整个营救行动完全负责）。

在"最后一步"，<u>托尼重新回归家庭</u>。他走到妻子的房间门口，看到儿子已经安然入睡。这暗示着他已经获得<u>重视家庭的价值</u>的"力量"，当然我绝不认为他已经变得认为"家庭重于工作"，虽然这才是"弱点"的相反面。影片对一些重要叙事点一带而过，比如，营救六名美国同胞的行动怎样影响到他，使他获得"力量"？这个变化的过程在影片中表达得不甚清晰。如果他确实认识到"家庭重于工作"，我们应该看到他在"重大抉择"处选择家庭而不是任务，比如他的选择可能是为了家庭放弃任务。显然，这样的选择对于故事发展而言是行不通的，因为它没有反映真实的变化过程，并且会导致这项任务走向负面结果。但是，"重大抉择"没有显示出主角远离"弱点"（<u>工作重于家庭</u>），而走向"力量"（"<u>重视家庭的价值</u>"），"力量"似乎突然出现，"最后一步"不知从何而来。

在第3幕，托尼也并没有远离另外两个"弱点"：孤独和过于负责。我猜测他的下一个任务将会类似于更加孤独，或者比此次营救任务更加责任重大的任务。他没有学会它们的相反面——寻求支援或者放手不管。

"重大抉择"是当托尼告诉老板，<u>他会使用非常规的解救方法，并对此事负责到底</u>，暗示出有人获得"力量"成为"特立独行的人"。这将形成比<u>重视家庭的价值</u>更有力的"力量"，这也是电影暗示的——托尼获得了某种"力量"，因为从电影中不能清楚地看到他是如何从此次任务中懂得重视家庭的。但如果把特立独行作为"力量"，我们需要在第1幕与第2幕与此相对应的"弱点"：生搬硬套。托尼并没有这个"弱点"，如果真的有的话，那么把"特立独行"作为"力量"比"重视家庭的价值"更加合适。

　　我们可以调整托尼的"弱点"到"力量"的性格成长弧，改进故事结构，让主角把性格中"孤独"的"弱点"转变为"寻求支援"的"力量"。让我们鼓起勇气从电影中的这个情境改起：在机场，一名大使馆工作人员正在用波斯语向伊朗海关官员解释。这是一个短暂而关键的时刻，托尼并不负责此事，显然另有其人为此事负责。当然这个时刻也不足以展现托尼学会了"寻求支援"，但我们可以调整这个场景以使剧情更清晰。我们可以让托尼在第2幕一直保持他"孤独"的"弱点"，也许还要让六名美国人质从不曾主导计划，总是按托尼的计划行动。这意味着"重大抉择"——托尼告诉老板，他会使用非常规的解救方法，并对此事负责到底，也要修改为让托尼远离"孤独"走向"寻求支援"。

约翰·布克（哈里森·福特饰演）的性格"弱点"开始转向"力量"，在"重大抉择"，以阿米什人的方法面对敌人，共同做目击证人。《目击者》1985年，派拉蒙影业公司版权所有。

　　上述对托尼"重大抉择"的修改灵感来源于影片《目击者》中主角人物自"弱点"向"力量"的性格成长弧，约翰·布克的"弱点"是孤独，他获得的"力量"是他的重视集体合作。在"重大抉择"处，布克面对前来杀他的前老板，阿米什人都站了出来，聚集在他周围，他的"重大抉择"是以阿米什人的方法面对敌人，共同做目击证人。一群手无寸铁的阿米什人与一个拿着枪的人对峙，谁都知道他赢不了，他最终放下了武器。

[81]

为了展现《逃离德黑兰》中托尼的"弱点"向"力量"的性格变化，也就是从"孤独"向"寻求支援"的成长弧，"重大抉择"也可能是托尼执行了上级的命令，<u>放弃任务</u>，六个美国人质却在此时坚持与托尼作为一个七人共同体，同生死，共进退。这必然要求我们改写影片中六名美国大使馆人质的个性，在原电影中，他们在整个被营救的过程中表现出懦弱的、极度不自信的性格特征。我们要做一个非常有趣的修改。在机场遇到的阻碍就是很好的修改切入点，比如可以修改为：想顺利登机，光靠托尼主导是不够的，一定要托尼与其他六人彼此依赖，彼此信任。

既然《逃离德黑兰》基于真实历史事件，那么我们就不应该对自由关心太多。调整托尼循规蹈矩的"弱点"或者他获得共同价值的"力量"，相比于根据真实事件改编的电影而言，故事结构的变化将会改动较小。要么调整为让一个更加令人满意的角色作为主角，或者显示主角的一种真实的变化，它直接与整个营救任务相关联。

最后一点提示：避免人物性格"弱点"与"需求"之间的关联性。例如，如果人物性格的"弱点"是"贪婪"，那么就不要将"需求"设置为"金钱"。否则，我们笔下的故事将变成单维度的、直白的道德故事，一定要让"陷阱"来测试"弱点"。

"弱点"以及主角与"弱点"的关系如何，这是我们构建故事的核心。找到准确的词汇（或者短语）来描述"弱点"，建立与之相反的"力量"，将会使我们的故事结构更加紧凑与清晰。

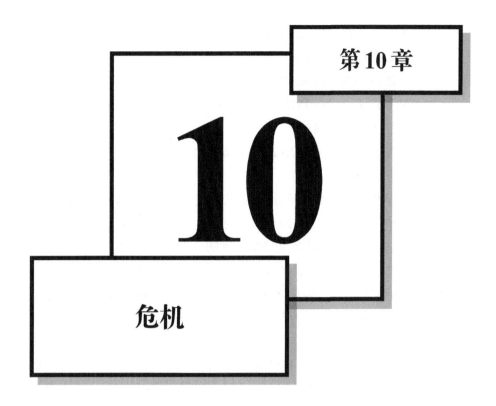

10

危机

危机：

如果是喜剧故事，主角将会遭遇"危机"。

- 它发生于故事的75%之处（大约是120页剧本的第90页或2小时电影的1:30:00时）。
- 它是主角人生的最低谷。
- 它是主角最初的"需求"的相反面或者相反状态。

同时：

- 它将主人公置身于两难选择之中，没有解决方案。
- 它是促使主角做出"重大抉择"的必由之路，主角自此远离"弱点"走向"力量"。

本章所要讨论的果壳式电影有

《勇敢的心》（*Brave heart*, 1995）

《谍影重重》（*The Bourne Identity*, 2002）

《借刀杀人》（*Collateral*, 2004）

《卡萨布兰卡》（*Casablanca*, 1942）

《泰坦尼克号》（*Titanic*, 1997）

《低俗小说》（*Pulp Fiction*, 1994）

《教父》（*The Godfather*, 1972）

《目击者》（*Witness*, 1985）

《达拉斯买家俱乐部》（*Dallas Buyers Club*, 2013）

第2幕结束时，电影或电视剧的故事应该已经进行至75%处，这个时间点应该是2小时电影的1:30:00之时，120页剧本的第90页左右。根据亚里士多德理论，此处是主角的人生最低点，编剧们常常以不同的名字标记这个重要时刻，如情节点2、第3幕前的间隔、第二次逆转，当然也包括我常用的"危机"一词。在悲剧中，在剧情的75%的重要时刻，主角将会达到他的人生顶点，我将此刻命名为"胜利"。是喜剧的"危机"还是悲剧的"胜利"，决定了故事发展的两种截然不同的方向，它完全取决于故事的戏剧特征。

那么，如何判断一个故事是喜剧还是悲剧？通常情况下，我们以"快乐结局"与"悲伤结局"就可以轻易地加以区分，但也有例外。在悲剧中，主角在第3幕会经历由好到坏的命运变化，这种变化部分源于他们内在的性格"弱点"。最终，他们常常变得更糟，也就是说，他们的结局往往令人悲伤。喜剧在本质上则完全相反。喜剧主角在第3幕会经历由坏至好的命运变化，这往往源于他们自身的学习与改善，克服自身"弱点"，并获得"弱点"的相反面——"力量"。最终，他们通常会变得更好，也就是说，他们会有一个幸福的结局（参见第1章亚里士多德戏剧理论，喜剧与悲剧的起源与定义）。

判断一个故事是喜剧还是悲剧，还需要观察主角的核心"弱点"，在结局时他们是否学会了"弱点"的相反面获得"力量"（是为喜剧，否则为悲剧）。信不信由你，电影《勇敢的心》为一部喜剧，它没有像普通的喜剧那样，展示主角被伤害或被追杀，而是一个特例。威廉·华莱士获得"力量"，他以异于常人的勇气，忍受巨大的折磨，拒绝宣誓效忠，他有意识地选择这条路，是因为他明白他的勇气将会鼓舞一代又一代的苏格兰人跟随他指引的方向前进。对于他而言，这是最幸福的结局。

可能95%的故事片均为亚里士多德式喜剧。我会先注释喜剧及其主角的"危机"，在下一章，我将专门讨论悲剧及其主角的"胜利"。

[84]

在第1幕结尾处，编剧会于"转折点"实现主角的"需求"。随着主角进入第2幕，第1幕的主要冲突已经结束——需求已经实现——但是编剧也会随之为主角设置"陷阱"，这是对主角"弱点"的最好的测试，也是重新设置的新冲突，更是必备的环节，因为故事一旦没有冲突，本质上就结束了。"陷阱"对于主角而言是一个新问题，而他们也自信地认为可以很好地解决这个问题。因此在第2幕，随着主角着手试图解决"陷阱"这个小麻烦时，编剧就应该开始在接下来的道路上相继抛出一系列的难题了。在喜剧的第2幕中，观众首先会看到主角不断遭遇倒霉事，不断地嘲笑剧中人物，因为他们的境遇变得越来越糟。这些障碍将推动主角的人生持续走低，直到人生最低谷。

注意，"危机"并不是上天带来的坏运气或者主角所不能掌控的外在悲剧事件。尽管主角四处碰壁，但"危机"至少应该是一个部分地由主角性格导致的结果。他们自身的"弱点"是在"危机"时刻导致他们自己走向绝路的一个重要因素。

"危机"有两个要求，首先主角处于故事中的绝对最低处。他们应该被困于两难境地，身处绝境。其次，主角应该处于与故事最初的"需求"完全相反的境况或心理状态。我常常看到编剧无法满足这两点需求。（或者只能满足其一），这两点对于故事而言均是十分重要的。

"危机"带给主角的低谷越令人绝望，主角与故事开始时建立的平衡感之间的情感距离就越大。情感距离的增大意味着更为深刻的改变与转化。喜剧中，主角将发生180度的转变，从"弱点"走向它的相反面——"力量"，这个转变会发生于故事结尾处。为了实现这一大转变，编剧需要将主角置于其命运的谷底，没有出路。只有在这种绝境里，主角才不得不改变"弱点"并朝着与"弱点"相反的方向前进。

将主角带入"危机"，让他们处于与故事开始时相反的境遇与心理状态，可以衡量主角从开始至今改变了多少。这种改变也形成一种反讽：他们曾经那么渴望得到的，如今成为他们所深深憎恶的。

电影《谍影重重》的主角杰森·伯恩被渔民救起时，处于失忆状态。在第一个对话场景中，船上一位船员问他："你叫什么名字？"他回答："我不知道。"他"需求"是找到自己的身份，"转折点"是保险箱揭示他是杰森·伯恩，他拥有多个护照，有一把手枪和一些现金。从这一刻起，伯恩就一路逃亡，躲避中央情报局杀手的追杀，直到1:13:26，他终于获知自己是一名杀手，被抹去了与身份有关的所有记忆，这个事实令他惊恐万分。他与恋人玛丽藏身于玛丽朋友家中，"危机"出现于1:23:06-1:23:17（故事的约70%处），午夜时分，伯恩辗转难眠，他起身来到房子主人的孩子们的房间。突然间他惊觉不仅自己与玛丽处于危险之中，这个为他提供避难之所的家庭也濒临险境。他对玛丽说："我再不想知道我是谁……我想忘掉我所发现的一切。"

影片《谍影重重》"需求"与"危机"处于对立的状态。"需求"是找到自己的身份，在"危机"到来时主角说："我再不想知道我是谁。"完全相反！而很多编剧每每无法如本片这样在"危机"时将人物置于一种与"需求"相反的状态。未能设置这样的结果，就会失去一个绝佳的机会来展示人物刻骨铭心的经历。

[85]

是否将"需求"与"危机"真实有效地对立起来，可以成就或者毁掉一个剧本。下表所展示的正是关于这两者的一些电影案例，我们可以从中看到两者对立所形成的精彩的反讽效果。

亚里士多德式喜剧："需求"和与之匹配的"危机"

电影	需求	危机
《借刀杀人》	让乘客不想下车	希望乘客赶紧下车（甚至不惜以翻车相威胁）
《卡萨布兰卡》	坚持不为任何人出头	不得不为所有人出头：世界的命运掌握在他手中
《勇敢的心》	对抗	无法对抗：遭遇背叛，崩溃，备受打击
《泰坦尼克号》	准备跳海自杀	重拾生活的勇气
《低俗小说》	防止马沙被愚弄	马沙被泽德绑架并侮辱
《教父》	远离家族事务	迈克尔成为家族生意的负责人
《目击者》	发现杀手	被杀手发现
《刀锋战士》	杀死替身	替身准备杀死他
《007：大战皇家赌场》	杀死敌人	挽救敌人（韦斯帕正是主角要解救的敌人）
《大白鲨》	帮助儿子脱离险境	儿子遭遇鲨鱼袭击

电影《卡萨布兰卡》是一部伟大的影片，影片中"需求"与"危机"之间正好完全相反。里克的"需求"是<u>不为任何人出头</u>。在"危机"时，他赢回了旧时的爱人。只有两张可以帮助他们通关的安全护照，伊尔萨急切地渴望离开丈夫维克多·拉兹洛，与里克一起逃离卡萨布兰卡，但是如果她选择与里克一同离开，拉兹洛将身陷囹圄，无法摆脱被纳粹囚禁的命运。拉兹洛是反纳粹组织赢得这场战争的最后希望。纳粹军官斯特拉瑟少校也敏锐地观察到这一点，他判断拉兹洛不像其他抵抗组织的领导那样易于被取代。那些非洲法语省份的人民正在期盼着如同拉兹洛一般的领导人回国引领他们进行抗争。因此里克的"危机"是什么？回想一下，他的"需求"是<u>坚持不为任何人出头</u>，那么"危机"就应该是他<u>不得不为所有人出头：世界的命运掌握在他的手中</u>。

观众常常会错过这个看点：不想为任何人出头的男人，反而不得不为所有人出头，这个男人的前后选择形成了强烈的反讽。这要求我们集中注意力，把故事中大量的信息联系起来，如果伊尔萨离开拉兹洛，他有可能被纳粹盯上而遭受厄运。没有拉兹洛，抵抗组织也将失去领导人并难逃失败的命运。这部电影的"危机"很容易被错过，因为它所形成的隐喻效果不易察觉，这个"危机"并没有在表面上发生。我们从未看到或听到里克明确地表达他的"危机"，<u>他不得不为所有人出头：世界的命运掌握在他的手中</u>。银幕上最接近"危机"之处是当伊尔萨想知道如果她与里克一起离开，拉兹洛会发生什么事，在电影的1:25:03—1:25:19（82%）处，她说她不知如何是好。"你必须为我们考虑，为我们所有人。"她这样告诉里克。"好的，我会的。"里克这样回答道。

我认为《卡萨布兰卡》可能会受益于这样一种充满悲伤氛围的画面表述。此乃十分重要的时刻，但是他不得不为所有人出头：世界的命运掌握在他的手中这个危机发生于银幕之外，非常易于被忽视。电影制作者一般会如何将"危机"呈现于银幕之上呢？最简单的办法是让里克自言自语地讲述一下当时的困境，在生活中，人们的确经常自言自语，只不过这些自言自语很少经过深思熟虑，多为抱怨之语。另一个简单的选择是以画外音的方式让观众听到里克的想法，而现代电影人会尽量减少使用画外音，并且在这部电影中增加里克的画外音略显拙劣，而在银幕上明确地展示"危机"最好的方式莫过于对话。他不想伊尔萨知道他的困境与疑虑，但他可以向山姆——那位酒吧的钢琴演奏者透露些许信息，这种方式可能会更易被接受一些，正如在故事开始时，他醉醺醺地对山姆诉说令他苦闷的爱情故事，此时伊尔萨走入了这家酒吧。虽然我喜欢里克的冷静，他通常把情感深藏于心底，但他放伊尔萨与拉兹洛一起离开，却反常地没有任何一个镜头展示这一幕。这令一些观众没能直接感受到"危机"及其深刻的隐喻。

为了使"危机"更好地为剧情服务，不仅需要主角遇到一些可能的负面事件，更应该试图找到这样一个"危机"，它不仅是主角的人生最低谷，也是与主角最初的"需求"完全相反的一种状态与想法。最理想的状态是，在"危机"时刻主角会憎恶他们曾经的"需求"。不要假设观众会发现主角处于相反的状态或想法，观众完全不了解主角的想法，除非电影中有画外音提示。正因如此，在"危机"时刻，主角应该有一些明确的动作，表达出他们如今想要的是当初"需求"的相反面，或者让他们用言语表达出来，就像杰森·伯恩一样。

"危机"在很少的情况下也会不满足它的第一个特征：它是主角人生的最低谷。影片《窈窕淑男》中，迈克尔的"危机"是恋人朱莉不想与他再做朋友，他想辞职（86%~87%，1:40:08-1:41:17）。但是他已与电视台签了正式的合同，明年还需要继续出演肥皂剧。这部影片作为经典案例，曾经在我的工作室被多次讨论，我与编剧们开玩笑说，这个"危机"未能满足设置"危机"所需的第一个要求：它不够低。迈克尔想辞去一份高薪的肥皂剧工作？这就是编剧给他设定的最低点？不如换作他想找一份高薪工作而被捕入狱，或者他正在考虑自杀。在弗兰克·卡普拉的许多电影中，主角在"危机"时刻都想要自杀，这是角色所能达到的最低点。但自杀并不适于《窈窕淑男》的风格，对吧？我们需要像一个施虐狂人一般，在"危机"时刻找到属于主角的人间地狱。

设置"危机"的第二个要求，《窈窕淑男》高分通过，主角的想法与他最初的"需求"完全相反。迈克尔的"需求"是什么呢？一份工作。"危机"是什么？他想辞职，与最初的想法完全相悖。

一部电影中真正出色的"危机"应该使研究过"果壳编剧策略"的人发出"啊哈"的共鸣，它的设置非常明智，具有强烈的隐喻效果，而隐喻正是编剧最好的朋友。主角此刻与第一个场景时已经发生180度转变，态度或想法完全相反。

注意！有时编剧会漫不经心地对待"危机"与"需求"之间的关系，认为它们之间的关系不是相反而只是简单地重复。假如主角想要"金钱"，在"转折点"如果有一份工作可以提供薪水，他们就得到了他们想要的"金钱"。在第2幕，他们变得憎恶这份工作，"危机"时刻，他们是如此厌恶这份工作以至于辞职。但是"他们如此厌恶这份工作以至于辞职"与"金钱"并不是相反的状态，而是同一回事。他们辞职想要的是什么，还是金钱。因此，这个故事的"危机"是他们憎恶这份工作而辞职，但现在他们仍然需要钱。我们应确保主角在第2幕有一个可以真实变化的历程，最终与"需求"呈现相反状态。

我们也可以在"危机"时刻让主角的"需求"变得毫无意义，电影《卡萨布兰卡》就是这样做的。里克可以继续保持他不为任何人出头的想法，这没有关系。世界的命运都掌握在他手上中，因为只有他有过境的有效护照。无论他做出什么样的选择，也无论谁拿到这两本护照，他都可以只为自己出头。但如果里克自己使用这本护照，对自己负责，他就无法对抵抗组织负责。把护照交给拉兹洛与伊尔萨，他自己就要冒生命危险。

电影《肖申克的救赎》（非果壳式电影）同样如此。主角安迪·杜弗兰（蒂姆·罗宾斯饰演）的"需求"是：证明自己无罪。在第2幕临近结束时，一个新犯人汤米提起他的前狱友曾经吹嘘自己谋杀过两个人，正好就是安迪被判有罪的那件案子。安迪告诉典狱长自己有可能洗清罪名，但是典狱长并不希望释放安迪。"危机"是汤米被典狱长谋杀，至此再无人可以证明安迪是清白的。汤米是安迪推翻判决的唯一机会。对于安迪而言，坚持自己最初的"需求"证明自己无罪，已经毫无意义。他失去了所有证明自己无罪的希望，也不再梦想或者追求这一点。

"危机"通常将主角置于两个最糟糕的选择之间，让主角进退两难，观众会感觉人物身处最差的境遇而无法逃离。安迪的"危机"是有两个最糟糕的选择：放弃所有希望，接受命运的安排，并因没有犯过的罪行而老死狱中；或者自杀（他向瑞德购买绳子，瑞德确定他会用它来上吊自杀）。里克的"危机"同样也有两个最糟糕的选择：与他最爱的人一起逃离，但抵抗组织将因此失去一名优秀的领导人并在"二战"（第二次世界大战）中走向衰败；或者第二次与最爱的人失之交臂，被困于卡萨布兰卡。

在创作中我们要确保主角在故事的"危机"时刻一定手握两个最糟糕的选择。有时编剧会将人物置身于一易一难的选择之间，例如，主角可以选择与丈夫维持一段悲惨的婚姻，或者与爱人一起远走欧洲。这样的"危机"不会对故事情节起到推动作用，我们要找的是两个最差的选择，这样才会令人感觉到他们身处绝境。

那么，如何在电影院中观看果壳式电影呢？我的方法是不去猜测"需求"，而是匆匆浏览故事开始时所发生的事情，记下第一场对话场景中的少量关键对话。"转折点"相对较易于识别，它往往发生于电影的第20~30分钟，它一定是以故事主要角色为中心所发生的故事，它是故事的转折点，是故事独特性的表现。在"转折点"，需要对照之前所记录的第一场对话场景相关内容，以确定何为主角"需求"。有时，会发现其中的一些"需求"可能是果壳元素的"需求"，但一般情况下直到电影的1:30:00处的"危机"或者"胜利"之处，才可以最后确定。此时如果故事显示为主角的人生低谷，就意味着故事是一部喜剧，人物在此刻到达"危机"，或者此时为主角的人生顶点，那么它就是一部悲剧，人物在此刻到达他们的"胜利"。也只能在此刻，我们才能确定自己对"需求"的判断是否正确。我的经验是考虑主角在"危机"处是否达到与最初的"需求"相反的状态或者产生相反的想法（喜剧），或者在"胜利"处是否如愿以偿地与最初的"需求"达成一致，并达到高潮（悲剧）。

如果"需求"预先估计错误，或者有些电影无法通过猜测来确定"需求"，那么在"危机"或"胜利"处，需要试着使用逆向思维模式，以"危机"或"胜利"来逆向推导出最初的"需求"。喜剧中的主角在"危机"时刻会处于与"需求"相反的状态或者想法，而悲剧的主角在"胜利"时刻则与"需求"保持一致，并达到高潮。同时，我也需要着重考量另外一点，那就是在喜剧或悲剧中，主角在"转折点"是否实现了"需求"，这是"果壳编剧策略"的另一个重要的技术要求。

我们来看一个例子，假如故事的"危机"是主角身陷非常尴尬的公共丑闻中，他们的照片被刊登于娱乐杂志的封面上。那么，"需求"可能会与"危机"相对，即"想出名"。应该这样开始主角的故事：某人并不是公众人物，但是渴望出名；他的"需求"是"想出名"。在"转折点"，他变得有名，实现了他的"需求"。在第2幕，主角发现，正如编剧所愿，一个困境接着一个困境出现在他们的前路上，名声并不如人们想象中的那么好。在"危机"处，主角"被置于非常尴尬的公共丑闻中，他的照片被刊登在八卦杂志的封面上"——我们会把这一点填到果壳编剧图的"危机"的框格中，使我们更清晰地看到主角达到"需求"的相反面——"他们希望自己从来没有出名"。

"危机"需要满足两个重要条件。要通过创建"危机"来确保主角的感情历程呈现最大变化，同时"危机"是你所能想象的人物的最低谷。千万不要放弃展示主角变化的机会，他们在"危机"时刻是如此憎恶曾经梦寐以求的"需求"，这种变化所形成的隐喻是绝妙的。

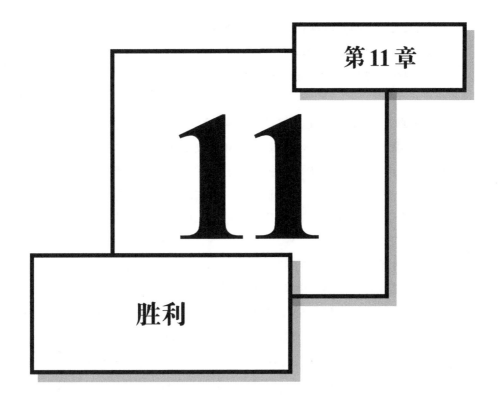

第 11 章

11

胜利

胜利：

如果是悲剧故事，主角将会到达"胜利"。

- 它发生于故事的75%处（大约120页剧本的第90页或两小时电影的1:30:00处）。
- 它是主角经历的最高点。
- 它是主角"需求"的终极体现。

同时：

- 它通常给主人公两个不错的选择。
- 在主角做出"重大抉择"之后，他失去了远离"弱点"走向"力量"的最后机会。

本章所要讨论的果壳式电影有

《日落大道》（*Sunset Blvd*, 1950）

《唐人街》（*Chinatown*, 1974）

《安妮·霍尔》（*Annie Hall*, 1977）

《非常嫌疑犯》（*The Usual Suspects*, 1995）

《傀儡人生》（*Being John Malkovich*, 1999）

《记忆碎片》（*Memento*, 2000）

《社交网络》（*The Social Network*, 2010）

如果电影故事是悲剧，主角将不会遇到"危机"，而是到达"胜利"之巅峰，位置仍然是故事的75%处，2小时电影的1:30:00处，120页剧本的第90页左右。"胜利"有两个要求。第一个要求是，它是主角故事的绝对高点。第2幕中，编剧不断地设置一个又一个的障碍阻碍主角前进，这一点与喜剧相同。但不同的是，悲剧主角将克服每一个障碍，他们的命运将不断地变好，直到在第2幕结束之时到达成功的顶峰——"胜利"。

"胜利"的第二要求是，不同于喜剧的"危机"与"需求"完全相反，悲剧的主角将体验他们最初的"需求"的终极表现。

让我们参照电影《日落大道》来思考悲剧的发展过程，它可称得上好莱坞有史以来讲好莱坞自己的故事的最佳影片。主角乔·吉利斯的"需求"是找到一份编剧的工作。他是一名失业的编剧，穷困潦倒且身无分文。无法按时还贷，被人追债。乔用计甩掉追债的人并溜之大吉，但是没想到他的汽车在好莱坞的一座豪宅前爆胎，正好遇到在豪宅居住的诺玛·达斯蒙德小姐，她是电影默片时代的明星，如今已经渐渐被人遗忘。"转折点"是前默片明星雇用他为自己复出重写剧本（21%~22%，0:23:07-0:23:57）。故而他完成了他的"需求"，找到一份编剧工作，同时"陷阱"是剧本不仅糟透了，而诺玛偏执又充满幻想。这正是对他的"弱点"玩世不恭的最好测试，因为他认为他能充分利用现有的机会轻松赚取报酬。

乔搬入了诺玛的豪宅，开始重写剧本，他渐渐地与人老珠黄的诺玛成了情人，很快他习惯了她奢华的生活方式，也习惯了她供给他享用的奢侈品。同时，他与贝蒂开始共同写作，贝蒂是派拉蒙公司最年轻的剧本分析师。她喜欢他的一个剧本创意，确信二人可以合作改写，并将原来的剧本写得更加有趣。一天晚上，乔偷偷溜出诺玛的豪宅，与贝蒂约会，二人热烈地讨论着他们创作的新剧本。

乔的"胜利"在1:29:44-1:29:55（故事的75%处）：他与贝蒂正在共同创作一个颇有意义的剧本，他们恋爱了。"胜利"的到来需要两个因素，第一是"需求"（找一份编剧的工作）的终极表现，第二是到达他个人成功的顶峰。此刻，他一边谈恋爱，一边有机会重操旧业。他回到诺玛的家，一路上自言自语，盘算着如何处理与两个女人的关系。

亚里士多德式喜剧中的"危机"，是将主角置身于两个最坏的选择之中，而悲剧中的"胜利"则是给予主角两个相对较好的选择。乔的选择是：告诉贝蒂他与诺玛的关系，希望贝蒂原谅他，或者在贝蒂发现之前离开诺玛。那么他会选择哪一个呢？我将在下一章"重大抉择"中揭晓答案。

请详细阅读下面的表格，表格展示了悲剧主角的"需求"，以及在"胜利"之时他们需求的终极体现。

悲剧："需求"与相对应的"胜利"

影片	需求	胜利
《飞越疯人院》	逃脱监禁	今晚他将逃出精神病院
《唐人街》	办一个大案子	认为他已经破案
《闪灵》	一个可以安心创作的地方	他写了一页又一页
《安妮·霍尔》	向自己证明，他与安妮不该分手	他回想起，她曾承诺他们再不分开
《非常嫌疑犯》	看到基顿被捕	向"口水金特"证明，基顿就是凯撒·索泽
《傀儡人生》	金钱	作为约翰·马尔科维奇，他拥有一切：名誉，财富和玛克辛
《记忆碎片》	发现杀害妻子的凶手	泰迪给他杀手的名字与位置
《社交网络》	加入一个终极俱乐部	他成为自己创立的终极俱乐部的CEO，并拥有100万会员

第2幕结束之时，悲剧主角会看到他们的财富在增加。在剧情的**75%**处，他们到达"胜利"，这不仅是主角人生最成功的时刻，也是需求的终极体现。他们拥有了自己想要的每一件事物，但是一定要"小心你所许下的愿望！"在达到最高点之后，前方只留一条路走下去。

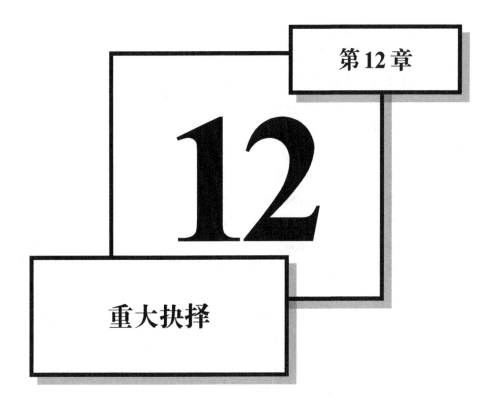

第 12 章

12

重大抉择

重大抉择：

● 它是高潮的核心。

● 在喜剧中，它让主角向着远离"弱点"的方向发展，走向"力量"。

● 在悲剧中，它让主角进一步沿着"弱点"的方向发展，无法获得"力量"。

同时：

● 在喜剧中，它直接由"危机"处的两难境地引发；在悲剧中，由"胜利"所
呈现出的"需求"的终极表现引发。

● 一个优秀的高潮是在意料之外，又在情理之中的，编剧应该找一个不同于两
难选择的第三种出人意料的选择，作为"重大抉择"。

● 在第 3 幕，它有时会重复。

本章讨论的果壳式电影

《借刀杀人》（*Collateral*, 2004）

《卡萨布兰卡》（*Casablanca*, 1942）

《窈窕淑男》（*Tootsie*, 1982）

《逃离德黑兰》（*Argo*, 2012）

《乌云背后的幸福线》（*Silver Linings Playbook*, 2012）

《阳光小美女》（*Little Miss Sunshine*, 2006）

《日落大道》（*Sunset Blvd*, 1950）

《在云端》（*Up in the Air*, 2009）

《唐人街》（*Chinatown*, 1974）

《安妮·霍尔》（*Annie Hall*, 1977）

《非常嫌疑犯》（*The Usual Suspects*, 1995）

《傀儡人生》（*Being John Malkovich*, 1999）

《记忆碎片》（*Memento*, 2000）

《社交网络》（*The Social Network*, 2010）

第2幕结束之时，正是一部电影或剧本的**75%**之处，主角将处于他们的"危机"或"胜利"的状态。无论是哪一种状态，主角都应该开始进入第3幕，此时他们将马上面临一个重大的选择。这个选择既是故事的核心也是整个故事的高潮，这个高潮真正的要点就是，主角将做出"重大抉择"。

"重大抉择"同时也是命运逆转的开始。在亚里士多德式喜剧中，主人公正处于他们的人生最低落之时的"危机"，"重大抉择"是迈出积极改变的第一步，这条路通常在故事最终时刻皆大欢喜时才会结束。而在悲剧中，主角则处于人生的巅峰"胜利"之处，"重大抉择"将引领他们步入一条迷途，这将是他们人生衰败的开始，引导他们走向令人伤感的悲剧结局。

让我们首先来看看"重大抉择"在亚里士多德式喜剧中是如何具体呈现的。第2幕，在各种障碍与主角自身"弱点"的共同驱使下，主角的人生逐渐走低，"危机"时他们会被迫走进一条死胡同，周围没有任何光明的出口。

在电影《借刀杀人》中，主角马克斯作为人质被杀手文森特挟持，文森特要求马克斯开车沿着洛杉矶大街行驶，随后文森特拿出一份有5个目标人物的刺杀清单。马克斯的"弱点"在于<u>没有行动力</u>。正是这个"弱点"令他当了12年的临时出租车司机，他梦想着未来开创一家豪华轿车公司，而这个梦想却从未有任何积极的进展。这个"弱点"使得他与文森特之间的关系变得越来越糟。马克斯的"弱点"<u>没有行动力</u>意味着文森特的计划会畅通无阻。在第2幕的结尾，美国联邦调查局与洛杉矶警察局均认为马克斯是同谋（因为他的出租车被人看到自犯罪现场离开），甚至还有一名警察认为马克斯已经被文森特无辜地杀害了。此时文森特的刺杀目标只剩最后一个，但是马克斯已经达到了他的最低点"危机"。他已经别无选择。如果他拒绝搭载文森特，将会直接被杀；而如果让文森特上车继续前行，仍然有可能被文森特或者警察杀死（之前有警察认为马克斯是杀手）。那么，他该如何选择呢？他做出的"重大抉择"是离开，加速行驶，并朝着堤岸冲去，这样的行动使出租车剧烈倾斜并在空中连续翻转。文森特从倒扣在地面、几乎报废的出租车中爬出，徒步奔逃，准备刺杀最后一名目标人物。"重大抉择"是主角远离"弱点"（没有行动力）的一步，也是朝着结局的"力量"前行的一步，在结局时马克斯将变得主动。

据说，伟大的高潮是出乎意料，又在情理之中的[1]，这当然是非常有难度的要求，也是我们作为编剧所渴望达到的最高能力，电影《借刀杀人》就达到了这样的高度，它的出人意料之处在于：我们没有预料到马克斯做出翻车的"重大抉择"；它的情理之中在于：看到了翻车的结果后，你想不出电影还能是什么别的样子。（《借刀杀人》"危机"处的隐喻也非常精彩。马克斯的"需求"是每一位乘客都不想下车。"危机"呢？他自己想马上下车。）

关于编剧如何设计出意料之外又在情理之中的高潮，我所能建议的最好方式如下："危机"时将主角逼入死胡同，使他们面临糟糕的两难选择。这样他们就不得不做出"重大抉择"，选择哪一个呢？答案是两者都不选。他们选择了：疯狂！对，疯狂正是第三个选择，没有人可以猜得到。它不属于两难选择中的任何一个，甚至不在同一范畴。因此当我们试图找到故事中出人意料又合乎情理的高潮时，思考一下，让主角去尝试做一个疯狂的决定，并把它作为"重大抉择"。

马克斯做出"重大抉择"：反击，他在电影的高潮时刻，做出了故意撞毁他的出租车的举动，既令人意想不到，又在情理之中。《借刀杀人》，2004年，梦工厂和派拉蒙影业公司。

"重大抉择"有时会在第3幕开始后重复。在《借刀杀人》中，马克斯的"重大抉择"是反击，他共有4次这样的行动，一个接着一个：翻车，警告安妮，救安妮，杀死文森特。同样地，在《卡萨布兰卡》中，里克"重大抉择"是为所有人出头，

---

1 这个定义通常源于亚里士多德，他认为，普遍地来看，伟大的情节由不可避免与意想不到的事件组成。

违背自己的利益以保证拉兹洛与伊尔萨安全离开，他也有4次行动：拔枪对着雷诺，推着伊尔萨让她与拉兹洛一同登机，告诉拉兹洛伊尔萨从没有爱过自己，向斯特拉瑟开枪。

让我们再看看影片《窈窕淑男》中的"重大抉择"。迈克尔·杜丝的"弱点"是他不尊重女性，这个"弱点"令他在肥皂剧中扮演女性角色时有诸多不快，最终他自己都无法忍受了。他一直暗恋肥皂剧中的女明星朱莉，假扮成女性"多萝西"的杜丝，曾经暗送秋波。朱莉决定，为了继续保持友谊，她将引导"多萝西"。第2幕的"危机"时，朱莉说她不能再与他做朋友了，他难过得想辞职（86%~87%，1:40:08-1:41:17），而肥皂剧制片人与他签订的是为期一年的正式合同，迈克尔似乎被逼进了一个死胡同，几乎无路可走。他的经纪人说不可能修改合同。但是如果他留在剧组，每天都会面对朱莉，这似乎令他快要无法忍受。

在电影中，肥皂剧剧组经常在播出的紧急关头有变故，平时未录播的节目如今需要紧急直播，因为没有时间提前录制。此时位于第3幕初始，迈克尔正好利用了这个机会，做出他"重大抉择"：在现场直播时，当众表明自己是一个男人。作为肥皂剧中的人物，且正是直播状态，他扯下假发，摘下假睫毛，宣布这个女性角色实际上是一个男人扮的。剧组的所有人乃至电视机前的每一位观众在这一刻知道了迈克尔实际是一个男人。

我们可能从未见过这样"疯狂"的电视直播，它令所有人都大吃一惊。通常情况下，这种"疯狂"想法的种子常常在第2幕（例如当迈克尔被告知，他们的节目有时会直播）被种下。为了寻找第3幕"重大抉择"中的"疯狂"举动，仔细回顾我们前面的故事，看看之前有哪些"疯狂"的想法可以在此时发挥作用。

关于"重大抉择"，电影《窈窕淑男》的另一个有趣之处是，它使用了一种"告诉全世界"的桥段，这不是"重大抉择"最常用的方法，却是一种比较流行的方式。在电影的1:30:00之处，主角已经有一定量的观众，非常适合"告诉全世界"的剧情。或许主角在直播中（《窈窕淑男》），或者得到美国国会的关注（《史密斯先生到华盛顿》，1993年，非果壳式电影），或者两者皆有（《戴夫》，又译为《冒牌总统》，1993年，非果壳式电影），或者得到全体学生的关注（《疯狂愚蠢的爱》，2011年，非果壳式电影；《贱女孩》，2004年，非果壳式电影；《进进出出》，1997年，非果壳式电影；《大人物拿破仑》，2004年，非果壳式电影），再或者舞蹈大赛即将举行（《大人物拿破仑》，2004年，非果壳式电影；《乌云背后的幸福线》和《阳光小美女》）。所有这些均为各种各样的"告诉全世界"桥段，它会推动故事走向"重大抉择"中最后的"疯狂"。

"重大抉择"并不能概括为一次高尚的举动。在第2幕中，主角的性格"弱点"促使他们逐渐走上一条并不如意的道路，并慢慢被迫使到达一个死角，编剧将逼迫人物做出出人意料的"重大抉择"。这个选择是远离"弱点"走向"力量"的第一步。完整的变化还未完成，现在正处于改变之路的途中。

在电影《窈窕淑男》中，当迈克尔做出"重大抉择"（揭示他是男人），他的恋人朱莉反应如何，上前拥吻还是离他而去？都不是。她走上前去朝着迈克尔肚子一拳打去。现在他还不够资格获得她的芳心。他的"重大抉择"让他朝着正确的方向前进，这也正是改变的开始（讲实话总比撒谎好得多）。这只是他改变的第一步，朱莉理应得到更多。他将不得不更向前进，在"最后一步"用实际行动来证明他为了幸福的结局而真正有所改变。

"重大抉择"在"危机"处进退两难的困境中直接跳出，通常情况下，它位于"危机"之后的下一个场景，有时甚至在同一场景。少数情况下，我看到有些电影存在这种情况：在"危机"之后、"重大抉择"之前有几个场景。但是即使这样，"重大抉择"依然是对"危机"做出的反应。例如在电影《逃离德黑兰》中，"危机"位于1:16:44–1:17:43（64%~65%），<u>托尼的老板告诉他任务已被取消</u>。托尼正处于进退两难之地，他认为应该对这6名美国人的安全负责，如果他放弃任务，那么这6个人将会落入伊朗人手中。而他已经接到任务取消的命令，即使违抗命令，坚持带这6个人逃离，在离开机场时他也需要得到中央情报局的支持才能通关。似乎没有什么更好的选择。

在做出"重大抉择"之前，他与加拿大大使商量，对方说，如果被告知营救任务取消，这6名美国人可能会恐慌不安，最佳方案是托尼上午不要宣布此事。我们看到，6个人一边喝酒庆祝，一边烧毁剩余的文件。托尼独自一人在酒店房间中，一边抽烟，一边喝酒。上午时分，6个人携带着行李在使馆大厅集合，紧张地等待着。托尼看了一眼本应该烧毁的6本假护照。接下来在1:22:23，他做出了"重大抉择"：他拿起电话，<u>告诉老板</u>，他要违抗命令对这6个人负责到底，然后挂上电话。

在"危机"与"重大抉择"之间，尽管银幕上已经过去了5分钟，托尼在上午做出的"重大抉择"仍然是对前一晚的"危机"做出的反应。本质上，"重大抉择"正是他与老板之间的电话会谈所产生的"危机"的延续。托尼需要一整夜的时间来做出决断，违抗命令，抓住中央情报局仍然会帮助他们顺利通关的最后机会。更可取的方法是"重大抉择"紧跟"危机"，除非绝对必要时，可以在二者之间适当增加几个场景。任何超出的场景均有可能使二者失去关联，因为主角做出"重大抉择"正是由于他们处于"危机"这种人生的绝境之处。

"需求"在喜剧中总应与"危机"相反，"重大抉择"在喜剧中常常也与"需求"相反，但也有例外。电影《借刀杀人》与《窈窕淑男》的"重大抉择"都是为了摆脱"需求"（"需求"分别是：<u>乘客不想下车/一份工作</u>）。实际上，我看过的电影中有很多这样的例外，因此，我认为"需求"并不一定要与"重大抉择"相反。例如在电影《逃离德黑兰》中，托尼·门德兹的"需求"是<u>将6名美国人带离伊朗</u>。在"重大抉择"时，他不想改变他最初的"需求"。在喜剧中，对于"重大抉择"而言，什么才是最根本的呢？当然是远离"弱点"走向"力量"。

在确定主角"重大抉择"之时，要确保他们不会处于两个优劣分明的选项中。如果他们的选择是蛋糕或死亡，观众会轻易地知道角色会选择蛋糕，或者如果他们选择死亡就会令观众感到非常不切实际。如果主角的"重大抉择"面临活着或者死去这样的问题，观众同样会有疑惑——这需要选吗？你认为他们会怎么选择？显然他们会选择活着。

喜剧中的"危机"，主角处于两个糟糕的选择之中，进退两难。在"重大抉择"的节点，主角将做出一个"疯狂"决定；也就是说，他会找到一个观众意想不到的第三个选择。这个选择将推动主角步入正确的方向。

悲剧中的"胜利"，主角通常处于两个不错的选择之中。在"重大抉择"的节点，悲剧主角既不会选择二者中的任何一个，也不会远离"弱点"走向"力量"。相反地，他们的选择是延续"弱点"之方向，未能走向"力量"。

以电影《日落大道》为例，乔的"胜利"是<u>他与贝蒂正在创作一个有意义的剧本，他们相爱了</u>（75%, 1:29:44-1:29:55）。这正是他的"需求"——一份编剧工作——的终极表现，这也是他个人最为成功的时刻。作为编剧，他被重新挖掘并显示出自己的才能，并且还处于恋爱中。在这样美妙的时刻，他看上去似乎暂时忘记了自己的"弱点"——<u>玩世不恭</u>。但很快，它就会给主角带来灾难。

他回到诺玛的豪宅，画外音响起，乔在自说自话，考虑如何处理他所陷入的三角恋爱关系。他想出两个不错的选择：跟贝蒂坦白他与诺玛的关系，希望求得贝蒂原谅；或者在贝蒂知道真相之前离开诺玛。两个选择均可行，两个选择中的每一个都有一个相同的要求：<u>诚意</u>。这正是他"弱点"——<u>玩世不恭</u>的相反面"力量"之所在。如果他有一点点诚意，贝蒂就会原谅他或者事情就会水到渠成，两个选择中的任何一个均可行，最终都将给他指引一条走出困境的路。

诺玛在打电话，乔内心的挣扎被打断。她正与贝蒂通话，在电话中她正在嘲笑贝蒂竟然不知道乔正与谁同居。乔的"弱点"<u>玩世不恭</u>完全爆发了。尽管他之前考虑的两个选择均可行，而他在一时冲动之下做出的"重大抉择"是<u>对贝蒂表现出他的玩世不恭</u>。他抢过话筒，告诉贝蒂地址，让她来亲眼看一下自己住在哪里。当她到达时，他向贝蒂展示了豪宅的奢华，解释了这样安排的原因，"像老年贵妇一样富裕地生活。年轻人不可能有这样的生活。你能明白吧？""不！"贝蒂一边回答，一边试图给他一个台阶，否认她所看到与听到的一切。"我从未听过这些，我也从未接到这个电话，我也从未踏进这所房子。现在收拾你的东西，我们一起离开这里吧！"她说道。此时如果他能听从她的意见，就仍然可以有一个相对令人满意的结果。然而他并没有；他残忍地强迫贝蒂看清刚刚所见的卑鄙污秽的生活，最终他带她来到门口，表示将永不与她相见。

现代悲剧的最佳案例当数影片《在云端》。它被定位为浪漫喜剧，我首次观看这部电影，也认为它属于亚里士多德式喜剧。观看至第2幕的中间时，我意识到了问题所在：故事中人物的境况正变得越来越好。如果它确实属于亚里士多德式喜剧，主角在第2幕应该处于越来越差的境遇中，而主角瑞恩·宾厄姆（乔治·克鲁尼饰演）在第2幕的生活变得越来越好。这惊醒了我，这不是喜剧，是悲剧！人物的境遇越来越好，主角将在人生最高点"胜利"处受到打击，在第3幕，一切将崩塌。这正是接下来电影所发生的事情。

主角的"胜利"发生在1:30:26-1:31:20（83%），他将进行"将生活装进背包"的励志演讲，这一次是在与名人托尼·罗宾同级别的会议场所。他处于人生的巅峰状态，他的个人生活也非常顺利，毫无困难地赢得了一位迷人女士的芳心，她毫无条件地爱上了他。此刻，出现在他面前的是众多优越的人生选择。

在非凡的成功状态下，他会做出怎样的"重大抉择"呢？他在演讲期间离开，去给亚历克斯一个惊喜——亚历克斯正是他一直以来最中意的女人——却未想到她已有丈夫与孩子。他被眼前的事实惊呆了。这个"重大抉择"正反映了他的"弱点"——傲慢。为何他会如此自信，不提前预约就突然出现在她的家门口，这样唐突的行为怎会毫无问题？要知道他们两个人之间的关系是"没有任何附加条件"的，这意味着非常松散与随意。只有极度傲慢的人才会想当然地认定，她一定极度渴望得到他的垂爱。瑞恩看上去也正是这样想的：她是多么幸运，而我也如此轻易地捕获了她的芳心。

那么，假若电影《在云端》是亚里士多德式喜剧，我们本应该看到在"重大抉择"之处，瑞恩远离傲慢的"弱点"获得"力量"谦卑。虽然他"重大抉择"的结果可以被描述为耻辱，但这与获得力量——谦卑并不相同。相反，这次耻辱的经历将使他不再信任任何女人。

这种信任的缺失与缺乏谦卑的"力量"结合起来，意味着他将无法示弱，与他人建立真实的连接。未能克服傲慢的"弱点"，他似乎注定要过一种将生活装进背包的日子：既没有行李，也没有任何牵挂与束缚。

在下面的表中，我们将再次审视文中提到的悲剧影片。这一次我将主角的"弱点""重大抉择"对比来看，其"弱点"在"重大抉择"时均更进一步。请注意，悲剧主角在每一个案例的"胜利"之处，都获得了"需求"的终极表现。同时，也可以看到"弱点"是如何让主角在"重大抉择"时迈出错误的一步，开启他或她的悲剧人生的。

[101]

瑞恩（乔治·克鲁尼饰演）不明智的"重大抉择"，未经邀请就出现在女友家门前。《在云端》，2009年，DW工作室与冷泉影业公司。

悲剧："弱点"如何导致"重大抉择"，让主角走向悲哀的结局

电影	需求	胜利	弱点	重大抉择
《飞越疯人院》（非果壳式电影）	逃脱监禁	他今晚将逃离精神病房	狂妄自大	在离开之前，召妓与比利·巴比特亲热
《唐人街》	一个经典案例	认为他已经解决了这个案件	不知何时退出	为求真相而调查每一个人
《闪灵》（非果壳式电影）	一处安静的场所写作	他写了很多页	认为孤独有益于他	当他妻子发现每页只有一句重复的文字时，他试图重击妻子头部
《安妮·霍尔》	向自己证明他与安妮不应该分手	他回味当他们一起回来，她曾承诺他们再不分开	自恋	在她的演唱会之后，著名的制片人邀请他们参加聚会，而他说："我们还有事。"
《非常嫌疑犯》	亲眼看到基顿被捕	向"口水金特"证明基顿就是凯撒·索泽	傲慢	允许金特离开
《傀儡人生》	钱	作为约翰·马尔科维奇，他拥有一切：名誉、财富、玛克辛	骄傲自大	他离开马尔科维奇的大脑，希望以此证明他对玛克辛的爱
《记忆碎片》	找到杀害妻子的凶手	泰迪给了他凶手的名字与地址	拒绝接受现实	泰迪的宝丽来快照上写着"不要相信他的谎言"

续表

电影	需求	胜利	弱点	重大抉择
《社交网络》	加入一家超级俱乐部	成为一个拥有百万会员的超级俱乐部的CEO	狂妄自大	在一笔最新交易中，他欺骗了好友

　　"重大抉择"是整个故事的方向。人的天性正是如此，它需要"危机"或"胜利"来迫使人物在某个时刻正视（或忽视）自己的"弱点"。在第3幕开始时，这个时刻已来到。主角的"弱点"将如何影响他们"重大抉择"？主角会怎样做？在故事中他们必须做出人生的最重要决定。是时候给观众一个惊喜啦！

　　主角会选择迎难而上，还是在困境中求生存？又或者他们本来足够幸运，有两个好的选择，却都放弃了？

　　找到意料之外但在情理之中的"重大抉择"，挖掘主角的疯狂之举。

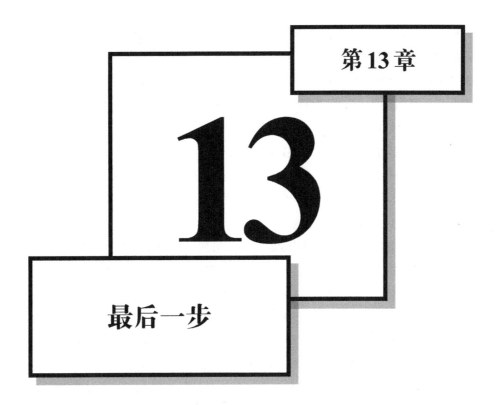

第13章

13

最后一步

最后一步：

- 在剧本或电影中，它是主角的最后一个重要场景。
- 在喜剧中，这是主角第二次远离"弱点"走向"力量"，但这一次是与"重大抉择"不同的新方式，最终完成故事并使主角完成转变。
- 在悲剧中，也是主角的第二次走向"弱点"远离"力量"，最终结束故事，主角的自我改造也会失败。

同时：

- 在"重大抉择"与"最后一步"之间，经常存在重大意义的时间点。

本章讨论的果壳式电影

《卡萨布兰卡》（*Casablanca, 1942*）

《逃离德黑兰》（*Argo, 2012*）

《傀儡人生》（*Being John Malkovich, 1999*）

众所周知，第3幕是作为结局出现的。第3幕开始，正是故事高潮之时，有时也被称为"重大抉择"。喜剧主角做出"重大抉择"，代表着主角将有较为明显的行动远离"弱点"走向"力量"（在悲剧中，"重大抉择"让主角进一步深化"弱点"，远离"力量"）。有时会出现多次与"重大抉择"类似的行动，直到高潮结束。但所有这些行动累加起来，只能部分地改变主角；因此它有时被称为"错误的决定"。这个故事至此还未结束。

这就是主角需要做第二个决定的原因，在他们到达最终的结局之前，这一独立的行动依然是远离"弱点"走向"力量"（在悲剧中，未能远离"弱点"，也不能走向"力量"）。这个第二次行动，我称之为"最后一步"。让我们来看一下，在亚里士多德式喜剧中它们是如何工作的。

"最后一步"是主角在电影或剧本中的最后一个重要场景，它发生于"重大抉择"尘埃落定之后。在喜剧中，"最后一步"也将让主角远离"弱点"走向"力量"，正如"重大抉择"一样，但它以一种新的方式实现。

在电影《卡萨布兰卡》中，里克的"重大抉择"是<u>替所有人出头</u>，损失自己的利益以确保拉兹洛与伊尔萨安全离开，他的这个选择以4次行动来完成：拿枪对着雷诺，推着伊尔萨，让她与拉兹洛一同登机，告诉拉兹洛伊尔萨从未爱过自己，向斯特拉瑟开枪。"重大抉择"是反映里克远离"弱点"（<u>对人性失去信心</u>）的一步行动，走向他最终获得的"力量"（<u>对人性恢复信心</u>）。他的这4次行动只为了一个目标：让拉兹洛安全地逃离卡萨布兰卡。一旦他们乘坐的飞机起飞，他的目标就达成了。同时，他第二次放弃了他的挚爱，为了别人牺牲了自己。

但是，"重大抉择"之后，他去了哪里？这次的牺牲与再次与爱人失之交臂，将会使他回到苦闷与愤世嫉俗的低落情绪之中。同样地，他把通行证交给了伊尔萨与拉兹洛，那么他自己将被困于卡萨布兰卡这个危机四伏之地。

这正是我们需要"最后一步"的原因，它将使故事更加圆满。在喜剧中，这是第二次行动，远离"弱点"走向"力量"。里克的"最后一步"是<u>与雷诺一起加入反纳粹抵抗组织</u>。他从不相信任何人，变为对人有信心，转变才最后完成。电影的结尾以里克的名言结束："路易，我认为这是一段美好友谊的开始。"这更加明确了本片喜剧的特性。尽管他第二次错失与爱人在一起的机会，但他已经获得了精神的重生，他变得更好，当然也比"假如她从未出现在酒吧里"更好。假如她从未出现在酒吧，我认为里克将会消沉下去，直到苦闷而死，永远不再去爱。正是由于这次，再次面对她却再次选择放弃她的经历，他才得以改头换面，获得新生。今后，他将会于某日再次爱上一个人。他的"最后一步"展示了他完整的蜕变。

在电影《卡萨布兰卡》中，里克的"最后一步"紧随他的"重大抉择"而来，而更为典型的方式是在"重大抉择"与"最后一步"之间留一些时间。这是因为，"重大抉择"是故事高潮的核心。通常情况下，高潮需要充分演绎，起伏跌宕都需要一定的时间来展现，接下来，我们需要主角迈出以"最后一步"以结束他们的旅程，在剧本或电影的最后一个场景中完美地为故事画上句号。

在电影《逃离德黑兰》中，托尼的"重大抉择"是告诉老板，他要违抗命令，对这6个人负责，这一段发生于1:22:23－1:22:33。此时正是电影高潮的开始：托尼试图救出6名美国人，并顺利通过德黑兰机场，在伊朗海关觉察前登上飞机。最终，他成功了，飞机在电影的1:41:46时刻起飞，此时与"重大抉择"之间有近20分钟时间。接下来需要抒发一下情感，6名美国人在飞机上拥抱、开心地笑，托尼也对着自己微笑。在美国国内，CIA与好莱坞都准备好了庆功宴，这6个人也将得到美国政府的表彰。电视画面显示，美国政府对加拿大的帮助表示感谢与赞颂。托尼将标识为"Argo"的文件放入机密盒子。他的老板告诉他，他将获得智慧之星的奖章，但由于这是一个机密，公众并不会知情。他的老板补充说，卡特（时任美国总统）称赞托尼是一位伟大的美国公民。托尼的"最后一步"，也是电影的最后两个场景，开始于1:48:59，即他重新与家人团聚。他来到妻子的住所门前，拥抱她，深情地看着儿子在房间中安然入睡，身边有科幻片角色的玩偶，还有一个名为"Argo"的故事板。

在大高潮尘埃落定之后，托尼·门德兹（本·阿弗莱克饰演）在"最后一步"与妻子重新团聚。《逃离德黑兰》，2012年，华纳兄弟娱乐公司。

接下来，我们来看悲剧中的"最后一步"是如何运行的。第3幕同样开始于主角的"重大抉择"，故事的高潮同样也需要充分演绎。电影《傀儡人生》中主角克雷格的"重大抉择"是当玛克辛被绑架后，莱斯特声称如果他不离开马尔科维奇的大脑，他们将杀死她，因此他放弃了马尔科维奇，希望以此来证明他对玛克辛的爱。这个行动反映出他未能改变自己的"弱点"——骄傲，也未能走向"力量"——谦卑，这一点对于电影观众而言是显而易见的，玛克辛喜欢的是马尔科维奇而不是克雷格。他自欺欺人的骄傲令他相信牺牲自己会有益于他与玛克辛的关系。一旦他离开了，

[107]

莱斯特与他的同伙们会成功地堵在马尔科维奇大脑的入口处。当克雷格发现自己再一次被扔在新泽西高速公路旁时，玛克辛与洛特也在那里，两人已经和好，不出所料，玛克辛根本不在乎克雷格的牺牲。克雷格在她身后大喊，说他会重回马尔科维奇的大脑中，把莱斯特踢出去，认为如果他是马尔科维奇，她还会重回他的怀抱。

在下一时刻，屏幕传达出信息，告诉我们时间已经是7年之后。如今莱斯特还在马尔科维奇大脑中，他指着一张小女孩的照片告诉年迈又秃顶的查理·辛说，他发现了一种永生的方法。接下来是电影的最后一个场景：克雷格正处于一个小女孩的大脑中，这个7岁的女孩子正是玛克辛与马尔科维奇的女儿，不可避免地，克雷格也通过小女孩的眼睛看到玛克辛与洛特款款深情地对望。在"最后一步"，他告诉自己："扭头，不要看那里！"尽管多次尝试，但均没能成功将孩子的视线从玛克辛与洛特二人身上转移，<u>他无法让自己不看玛克辛与洛特拥抱</u>。此刻我们知道了，他没能重新进入马尔科维奇的大脑，反而被困于他的孩子的大脑中，被迫看到了他所爱的玛克辛与别人的亲密。这一切正源于他的"弱点"——<u>骄傲</u>，他不能接受这一切，并试图控制孩子的视线，然而这一切均为徒劳，他最终没有学会"力量"——<u>谦卑</u>，没能接受自己的命运，反而注定困于无休止的自我挣扎之中，无法自拔。

在"重大抉择"与"最后一步"设置一个时空上的跳跃的情况并不少见。作为编剧，我们常常想要把故事高潮中主角做出的"重大抉择"造成的深远影响完整地展示给观众。当高潮的余波恢复平静，整个章节结束后，接下来告诉观众，主角已经身处6个月或者多长时间之后的某地。在剧本的最后一场戏中，让主角迈出"最后一步"，这个动作不同于"重大抉择"，如果这是一部喜剧，那么要远离"弱点"走向"力量"（如果是悲剧，"最后一步"将未能远离"弱点"走向"力量"）。

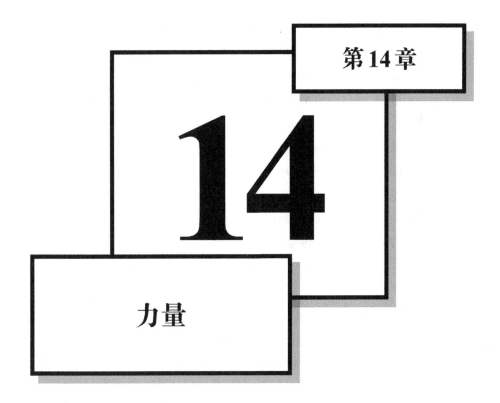

第 14 章

14

力量

力量：

● 与"弱点"完全相反。

对于喜剧来说：

● "力量"是主角最终获得的某种技能或品质。

● 在"重大抉择"与"最后一步"，主角都会远离他的"弱点"而走向"力量"。

对于悲剧来说：

● "力量"是主角最终未能获得的某种技能或品质。

● 在"重大抉择"与"最后一步"，主角都未能走向"力量"，而沿着他的"弱点"更进一步。

本章讨论的果壳式电影

《逃离德黑兰》（*Argo*, 2012）

《日落大道》（*Sunset Blvd*, 1950）

《唐人街》（*Chinatown*, 1974）

《安妮·霍尔》（*Annie Hall*, 1977）

《非常嫌疑犯》（*The Usual Suspects*, 1995）

《傀儡人生》（*Being John Malkovich*, 1999）

《记忆碎片》（*Memento*, 2000）

《社交网络》（*The Social Network*, 2010）

《借刀杀人》（*Collateral*, 2004）

《卡萨布兰卡》（*Casablanca*, 1942）

《勇敢的心》（*Braveheart*, 1995）

《泰坦尼克号》（*Titanic*, 1997）

《低俗小说》（*Pulp Fiction*, 1994）

《教父》（*The Godfather*, 1972）

《目击者》（*Witness*, 1985）

无论电影还是剧本，喜剧还是悲剧，取决于整个故事是否改变自身"弱点"，并由"弱点"走向"力量"。

与"弱点"类似，果壳编剧策略中的"力量"并不存在于故事线中的某个固定位置。喜剧中，主角将在第3幕中学会"弱点"的相反面。在"重大抉择"与"最后一步"两处，喜剧主角均有具体的行动远离"弱点"走向"力量"。"力量"在果壳编剧策略图中指的是主角最终获得的某种技能或品质。

在悲剧中，主角未能学会"弱点"的相反面。"重大抉择"与"最后一步"两处均为主角改变的机会，但是他们每次均未能抓住这样的机会。相反地，他们将选择沿着强化"弱点"的方向继续前行。

如果无法确定主角的"弱点"为哪一个，那么可以尝试先确定一个"力量"，最终人物可以学会（喜剧中）或者未能学会（悲剧中）它，与它相反的就是果壳策略所称的"弱点"。

果壳策略图填写完成后，要确保"弱点"与"力量"是完全相反的。如果不是，我们需要调整具体措辞，直至合适为止。这是至关重要的一点，一对不匹配的"弱点"与"力量"将会传达出令人困惑与含糊不清的信息。

这也正是电影《逃离德黑兰》存在的问题。这部电影暗示出的主角托尼·门德兹的"弱点"有：<u>工作重于家庭</u>，<u>孤独</u>，<u>过于负责</u>。《逃离德黑兰》是一部亚里士多德式喜剧，因为主角的性格有变化，且最终变得更好。在喜剧中，我们应该在"重大抉择"与"最后一步"两处均能看到主角远离"弱点"走向"力量"。托尼的"重大抉择"是告诉老板，<u>他要违抗命令</u>，<u>对这6个人负责</u>。但是这个行动并非远离以上3个"弱点"之中的任何一个；它反而使这些"弱点"更进一步。在"最后一步"，<u>他重新与家人团聚</u>。这可能暗示着他获得了"力量"（<u>重视家庭的价值</u>）。我不认为有人会在此牵强地把"力量"定义为家庭重于工作，即"工作重于家庭"的相反面。他是如何以及为何学会"家庭价值"这一"力量"的，并不清楚。"重大抉择"中没有做任何关于"家庭价值"的行动，因此这个"力量"似乎直接源于"最后一步"。

如果故事为悲剧，主角最终未能获得"力量"，而我们仍然应该在果壳策略图中标识主角获得的"力量"具体指什么。想象一下，如果主角学会"弱点"的相反面，他们会有更快乐的结果。悲剧主角可能并未获得我们标出的这种"力量"，但是剧本读者或者电影观众可能将通过主角的失败而学会它。

例如在电影《日落大道》中，乔·吉利斯看上去在他的"胜利"处暂时远离了他的"弱点"——玩世不恭，他的"胜利"是他与贝蒂正在共同创作一个颇有意义的剧本，他们恋爱了（75%，1:29:44-1:29:55）。乔突然有了激情——为他的职业与新恋人。但乔有一个难题，不能把自己的生活状况一直对贝蒂隐瞒。在乔的"重大抉择"之处，他有两个不错的选项。他能与贝蒂讲清楚自己与诺玛的关系，并请她原谅自己；或者他及时离开诺玛，让贝蒂永远不要知道关于诺玛之事。两个选项中任选哪个都会对乔有利。只要求一件事：一点诚意。只要他远离他的"弱点"——玩世不恭，学会一点点诚意，他的快乐结局就在他面前！但是在"重大抉择"与"最后一步"两次机会面前，他的"玩世不恭"却完全战胜了他，导致最终的死亡。

在下面的表格中，我罗列出了曾经分析过的悲剧影片。这一次，我增加了主角在影片结尾处的"最后一步"，以及与主角错过本来可以得到的"力量"。表格的最后一列是据我推测，想要幸福的结局，他们需要学会的"力量"。

如果我们正在构思一部悲剧，最重要的就是确定"力量"，它可以帮助主角改变周围的一切。他们可能在影片中遇到一些倒霉事，悲剧主角要对这些悲伤的结局承担主要责任。如果他们获得了"力量"，他们将过得更好。读者们应该能够更加容易地想象出主角本应该得到的幸福结局——正如表格中所列出的那样，剧本中的主角本可以远离"弱点"走向"力量"。

第114页的表格显示出某些亚里士多德式喜剧及其潜在的悲剧结果——当然是主角未能获得"力量"导致的。在这里，我们可以看到什么是利害攸关的"力量"。实际的电影通常以幸福的结局收尾，直接的表现是主角从"弱点"向"力量"的转变。

感谢亚里士多德。电影已经发展了几个世纪，但是故事的核心依然是主角是否能够克服他们的"弱点"，从而获得"力量"。这一点看似简单，却是成就一部伟大的电影的本质。

悲剧与它们可能的喜剧结局

电影	弱点	最终结局	未能获得的力量	若学会"力量"潜在的结局
《飞越疯人院》（非果壳式电影）	狂妄自大	脑叶切除与永久性脑死亡	谦卑	在一定时间之后，重获自由过正常人的生活
《唐人街》	不知何时退出	艾弗琳被杀，克劳斯与凶手逃脱	知道何时退出	与艾弗琳共享美好未来
《闪灵》（非果壳式电影）	认为孤独有益于他	冻死于迷宫中	明白孤独对他并无好处	与家人一起生活在郊区
《安妮·霍尔》	自恋	他失去了最爱的人	认识她的需求	他们仍然在一起
《非常嫌疑犯》	傲慢	他让主谋重获自由	谦卑	他觉察出金特在编故事
《傀儡人生》	骄傲自满	被困于孩子的大脑中	谦卑	作为克雷格好好生活
《记忆碎片》	否认	设定自己无法知晓真相	面对真实的自我	继续他的生活，而不是寻找永远找不到的凶手
《社交网络》	狂妄自大	点击刷新，希望前任接受他发出的好友请求	谦卑	钱少一点，朋友多几个

喜剧与它们可能的悲剧结局

电影	弱点	力量	最终结果	未能获得力量的潜在结果
《借刀杀人》	没有责任感	主动出击	杀死文森特，救了安妮	他与安妮均会被文森特杀死
《卡萨布兰卡》	对别人失去信心	重拾信心	让拉兹洛安全离开卡萨布兰卡，重回抵抗组织	由于拉兹洛被捕，抵抗组织在"二战"中战败
《勇敢的心》	愤怒	超凡的勇气	忍受苦难成为殉道的英雄	长期忍受下去，没有英雄鼓舞苏格兰人，最终无法赢得自由
《泰坦尼克号》	怯懦	勇敢	离开傲慢的未婚夫，拥有独立、美好、长久的生活	与一个自己讨厌的人结婚
《低俗小说》	有点像"恶人施暴"	引领弱者	退休	继续做杀手，可能像文森特一样被杀死
《教父》	天真	现实	打败四大家族	被四大家族打败
《目击者》	孤独	重视集体合作	回到他熟悉的环境，她也为追求者留有空间	他不适合阿米什，她也不适合城市生活

第三部分

3

果壳编剧策略的高级应用

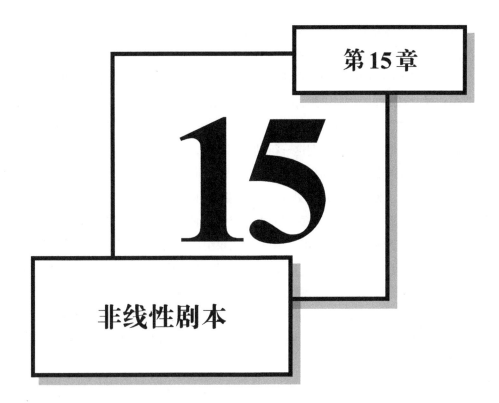

第15章

15

非线性剧本

本章讨论的果壳式电影

《低俗小说》（*Pulp Fiction*, 1994）

果壳策略图与各元素均与剧本中特定节点的页面以及电影的时间线相对应，但不是线性的关系。

主角的"需求"仍然要显而易见，被安排在剧本或电影中主角的第一个对话场景中。无论此场景是按照线性的时间顺序发生的，还是只是被导演前置了的后面的故事，都不重要。"需求"应该明显地出现在这里——主角的第一个对话场景中。

我在本书中提到了三部真正的非线性电影：《低俗小说》《记忆碎片》《安妮·霍尔》[1]。如果我们重新对这三部电影进行剪辑——让它们都按时间先后顺序讲述故事——那么果壳编剧策略将不再有效。虽然非时间顺序的电影叙事有多种原因，但电影制作者们仍然在恰当之处使用着关键的果壳元素。也就是说，无论故事是否以线性时间顺序讲述，故事中的果壳元素均在正常工作。

---

1 影片《日落大道》和《泰坦尼克号》都用闪回的方式讲述故事。同样地，电影《非常嫌疑犯》中"口水金特"讲述的犯罪过程也充满戏剧性。这三部电影都在故事结构中使用了闪回，这并不是典型的非线性故事结构。第15章提到的电影的非线性结构，在时间跨度上比一般的闪回结构更大。

让我们具体来看一下果壳编剧策略是如何在《低俗小说》中应用的吧（可参考第四部分《安妮·霍尔》的相关电影评论）。

我曾经听说一些编剧大师声称布奇（布鲁斯·威利斯饰演）是主角，他有一个幸福结局，因此如果他是主角，这部电影应该是喜剧。这意味着布奇应该是影片中经历了自"弱点"至"力量"的彻底改变的那个角色。然而我并不认为他改变得那么彻底。没错，他救了马沙，但这一行动并不彻底，主角没有经历180度的转变，也没有经历亚里士多德式喜剧中应有的自"弱点"到"力量"的变化，它只是为环境所迫的间接变化。他看到马沙正处于一种极端痛苦的状态，这种环境唤起了他的同情，导致他采取行动，但这并不是真正的内心变化的证据。当然，布奇的故事是完全独立于电影中间部分的。《低俗小说》由五个故事组成，我们可以砍掉其中的三个（"序幕""邦妮的处境"与"尾声"），即便算上第四个故事的主要部分（"文森特与马沙的妻子"），这五个故事中布奇的故事也最为完整。如果他是主角，为什么还会有其他四个故事？它们对于布奇的故事完全没有助益。因此，我的观点是布奇并不是主角。

朱尔斯（塞缪尔·杰克逊饰演）才是主角，正如我们在下文分析的，他是这部亚里士多德式喜剧中变化最为彻底的一位人物。

跳过"需求"，直接进入"转折点"，这个方法一如既往地管用。"转折点"是这样一个场景，朱尔斯面对一群年轻的"生意伙伴"——正是他们拿走了老板马沙的手提箱。朱尔斯控制住主犯布雷特，问他马沙长什么样。"他长得很好愚弄吗？"他问布雷特。布雷特吓坏了，回答道："不是。"朱尔斯反驳道："那么你为何想愚弄他？"接下来朱尔斯背诵一段《圣经》中的诗句，在杀人之前他总是这样，他与文森特杀死了布雷特。

"转折点"是布雷特试图愚弄马沙，所以他被杀了（12%~14%，0:19:14-0:20:40）。

那么，朱尔斯在第一个场景中的"需求"是什么呢？是防止马沙被愚弄。

我从"转折点"所发生的事情来推断朱尔斯的"需求"。他的工作是杀死那些试图愚弄他的老板的人，这一点引申出了他的"需求"。在他的第一个对话场景中，朱尔斯从未明确地表达出这一点。在这一场戏中，他与文森特（约翰·特拉沃塔饰演）驾车前往布雷特家，文森特正在给朱尔斯讲欧洲与本地的差异，例如麦当劳的双层足三两牛肉汉堡被称为"皇家奶酪汉堡"。他们并没有提到什么重要的内容。然而，表面上，他们只是随意地消磨时间，实际上，他们正在去杀人的路上，这件事是他不能忽略与忘记的。在他的第一个场景中，他的"需求"是防止马沙被愚弄，当然他未说出口，是暗示。

[116]

当故事进行至此，朱尔斯的结局对于电影观众而言并未揭晓，而根据推测，他也不知道接下来会发生什么事。但仍然不能否认的事实是，朱尔斯的"需求"是防止马沙被愚弄的相反面，在"危机"时（马沙被愚弄）有所体现，即马沙当时被变态的泽德强奸。在电影结束时，我们意识到强奸场景是时间的跳转，将实际事件按时间顺序排列后，就会意识到朱尔斯可能已经退休了，正如他所说，在强奸事件后他将不再为马沙工作。但是当强奸场景出现在银幕上时，我们并不知道这些信息。尽管如此，事实上朱尔斯的"需求"的相反面已经在"危机"中有所体现，无论他自己知道与否。

在马沙被变态强奸后，布奇的故事也有了结局，电影跳回到布雷特的公寓，恰在朱尔斯与文森特杀他之前。此时我们再次看到同样的场景，却是从不同的角度：另一个青年藏身浴室，拿着一把枪，一直紧张地偷听外面的动静。朱尔斯重复吟诵《圣经》中关于宣判死刑的诗句，他与文森特开枪射击布雷特，正如我们之前所见。但是此刻，场景继续，藏身浴室的青年撞门而出，开枪扫射直到子弹用尽。文森特与朱尔斯充满疑虑地四下查看——在子弹扫射中，他二人未中一弹——他们对视一眼，同时举枪，子弹精确地击中此人。

电影《低俗小说》中只有一处与果壳编剧策略不匹配。按照果壳编剧，"陷阱"本应紧随或直接于第2幕之前的"转折点"处发生。在《低俗小说》中，我们实际看到的"转折点"——布雷特试图愚弄马沙，因此朱尔斯与文森特杀了他——两次出现。第一次位于电影的12%~14%处，时间为0:19:14-0:20:40。第二次时间为1:31:04-1:54:36，多了一些时间用来演绎藏身浴室的青年撞门而出开枪扫射，以及朱尔斯与文森特对未中一弹的难以置信的反应。这一点延伸了第二个版本所包含的"陷阱"：朱尔斯质疑他的工作。通常第2幕会有大量关于"陷阱"对主角"弱点"的测试，但《低俗小说》是个例外，"陷阱"直到第2幕之后（马沙被强奸是"危机"，它标志着第2幕的结束）才被揭示出来。

在第2幕中代替"陷阱"测试"弱点"的是，故事开始了新的话题，共有两段，与朱尔斯并没有什么关系。首先是文森特与马沙的妻子的故事，在这个场景中朱尔斯只是短暂地露面，他与文森特带着马沙的手提箱回到酒吧（按时间顺序这应该是朱尔斯的最后一个场景）。这一段故事的高潮是马沙的妻子过量服用了文森特的毒品，文森特用一针肾上腺激素直接扎在她心脏上挽救了她的性命。第二个故事是金表，布奇的故事。它可能发生于朱尔斯退休之后，尽管我们不知道具体时间，只知朱尔斯缺席第2幕的大部分故事。通常情况下，在第2幕中我们需要主角的"弱点"被"陷阱"不断地考验，这是为了保持故事的冲突性。从过量服药，针扎心脏到布奇的故事，再到最后马沙被强奸与被营救，编剧昆汀·塔伦蒂诺在没有"陷阱"检验主角的"弱点"的情况下仍然保持故事冲突，并且毫无问题。

[117]

因此，"陷阱"与它所对应的"弱点"并没有像往常电影一样出现在第2幕，而是出现在第3幕中。"陷阱"是主角质疑他的工作，因为朱尔斯相信他见证了奇迹。

他认为，是神的干预挽救了他的性命，上帝正是通过奇迹让他思考作为一个杀手的道德价值。"陷阱"正是对他的"弱点"的完美测试：他是"恶人施暴"的一部分。这句话正是他吟诵的《圣经》中宣判死刑的诗句，之前他吟诵这些句子只是因为它听起来很吓人。但是如今，他相信神替他阻挡了子弹，保全了他的性命，这些句子对他而言有了新的意义。

他的"重大抉择"是退休，这一进程很快，甚至快到在他们离开布雷特公寓之前。"从现在起，你可以想象一下我的退休生活。"他对文森特这样宣布。

在电影的最后一个场景中，邦妮兔与小南瓜抢劫了餐厅中的每一个人。小南瓜要求朱尔斯打开马沙的手提箱，朱尔斯照做了，小南瓜为箱子里发出的金光而着迷。朱尔斯利用这个机会抢过小南瓜的枪。他已经完全控制了现场的形势。但他却没有开枪，朱尔斯给了小南瓜1500美元，告诉他去买些东西，与邦妮兔一起好好生活。与"恶人施暴"的一部分不同的是，他正在努力改变，正如他所说，帮助弱者，这正是他最终所获得的"力量"。他做到了这一点，也迈出了"最后一步"：他让小南瓜与邦妮兔离开，爱惜自己的生命。

果壳编剧策略非但可以用于非线性故事，它也往往是一个故事要跳出时间顺序依据的法则。果壳编剧策略的基本原则更多的是对于故事来说的而不是对于线性结构来说的。正如导演让·吕克·戈达尔所说，一个故事应该有开始、中间与结尾，但并不需要以这样的顺序讲故事。

第16章

16

使用"神秘主角"
构建非常规故事

本章讨论的果壳式电影

《罪与错》（*Crimes and Misdemeanors*, 1989）

如果很难使用果壳编剧策略为特定的故事服务，那么问题（与解决方案）可能出现在故事主角的性格设定方式上。

如果主角并没有获得"力量"，并远离他们的"弱点"，同时主角在结尾处变得更好而不是更糟，而他们却处于悲剧故事中，那就说明我们确定了错误的人物作为主角。

同样，如果主角在结尾处变得更糟，但是他们自身的"弱点"却没有办法让他们有一个悲伤的结局，这个人物可能也属于被错误定义的主角。

有些事一定要记在心里（虽然它确实是偶然才会发生的），那就是主要人物可能并不是主角。换句话说，主角并不需要是对话最多或者表演时间最长的人物。在亚里士多德式喜剧中，主角是变化最彻底的人物，他们从自身的"弱点"学会关心他人，达到了"弱点"的相反面，获得"力量"，通常情况下，他们变得更好，也就是说，他们会有一个幸福的结局。在悲剧中，主角是无法改变自身"弱点"的人物，当然也未能学会"弱点"的相反面，他们通常变得更糟，也就是说，他们的结局令人悲伤。

如果我们定义的人物不遵循这些模式，那么就去看看是否有其他人物是这样（或者可以这样做）吧。这个人物可能就是我称为"神秘主角"的人物。指定一个"神秘主角"是一个非常有用的策略，它可以更好地构建一个故事，虽然表面上看起来似乎不符合亚里士多德式喜剧与悲剧理论。

伍迪·艾伦的电影《罪与错》正是使用"神秘主角"构建故事情节的极佳案例。这是一部神奇的电影（也是导演最好的电影之一），想知道如何构建一个非传统意义的故事，我建议找到它来观摩一下。

这部电影的大多数故事片段均以朱达（马丁·兰道饰演）为主角。他当然有最多的表演时间，也有大量动作推动电影向前发展，我们很多时间都在屏息凝神地观看他的故事。他是一个成功的曼哈顿眼科医生，他的情妇多罗瑞斯（安吉利卡·休斯顿饰演）想对他妻子公开他们的私情，他想找一个办法来阻止她疯狂的想法。他认真地倾听一个老患者的建议，当然此人也是他的亲戚兼朋友，本（山姆·沃特森饰演）。本的视力开始下降，他或许可以作为电影主角的第二候选人。本建议朱达跟妻子主动交代有外遇的事情。但是朱达认为妻子不可能原谅他，同时，他的情妇甚至用揭发朱达贪污公款的事情来再次威胁他。朱达只得雇杀手处理此事，多罗瑞斯被杀。不久警察找上门来质询他，我们无法知道他最终是否会由于不愿陷于谎言或者在良心的重压下承认自己所做的事情。

如果朱达是主角，而故事以悲剧结尾，那么他最终将会不可避免地失败于无法做到道德至上；如果朱达是主角，而故事以喜剧结尾，我们将会看到他学会并发生改变，银幕上将会出现他去投案自首或者找到其他的方法救赎自己。但是这一切并没有发生，他没有被打败，也没有救赎自己。他逃脱了谋杀的罪名。在最后一个场景中，我们明白他甚至没有对他所做的事有任何自责或者后悔的想法。因此，尽管事实上朱达是影片中最突出的人物，他承担了大部分行动，同时他的故事完整地讲述了影片《罪与错》主题，但就故事结构而言，他并不是主角。

如前所述，本可能是主角的第二候选人，尽管在第1幕中他的故事挪动成为背景。我们看到，他绝对善良且具有道德感。虽然他告诉朱达向妻子坦白婚外情是最好的选择，但是他也并不坚持朱达必须"做正确的事"或者试图强迫朱达接受他的或者任何人的道德准则。当朱达撒谎，告诉本自己的妻子已经放下此事，问题已经解决，本发自内心地为朱达高兴。在电影结束时，本已经完全失明，我们看到他在女儿的婚礼上与女儿跳舞，婚礼费用由别人支付，因为他已经支付不起这些费用。然而，本无力改变他的悲剧命运。

如果将影片定义为悲剧，那我们的英雄必须对悲剧的结尾有所行动。悲剧并不是指坏事随机地发生于人物身上，而是通过主角失败于克服他们的"弱点"，失败于改变，因此故事以主角的堕落与悲剧结局来定义的。本的故事确实令人悲伤，但它并不是悲剧。

我们的第三位主角候选人应该是克利夫（伍迪·艾伦饰演）。他只是与朱达和本的主要情节略微相关，他的主要任务似乎就是提供（非常受欢迎）电影的喜剧因素。他甚至与朱达没有交集，直到电影最后一个场景两人才有一次会面，此刻，他们第一次相遇，地点为本的女儿的婚礼上。

朱达（马丁·兰道饰演）嘲笑克利夫（伍迪·艾伦饰演）的坚持："你不可能创作犯罪的人逃脱罪名的故事。"《罪与错》，1989年，猎户座影业公司。

克利夫是一名纪录片导演，他爱上了电影制片人哈莉（米亚·法罗饰演），他与哈莉正在合作拍摄一部关于闻名好莱坞却肤浅的导演莱斯特（艾伦·艾尔达饰演）的纪录片。克利夫的"弱点"是理想主义，他相信生活中也应该有好莱坞那样的故事与结局，这使他对眼前"哈莉对他并不感兴趣"的现实避而不见，哈莉喜欢的是华而不实的莱斯特。克利夫的"胜利"是他吻了哈莉，哈莉告诉他自己还没有准备好，他再次吻她（影片74%~75%处：1:17:12-1:18:23）。在理想的状态之下，克利夫并不会听到哈莉的回应。在"重大抉择"时他向哈莉求婚，她并不把他的求婚当回事，只是告诉他，她准备去欧洲一段时间。

克利夫再次见到哈莉时，已经是最后一个场景，在本的女儿的婚礼上。哈莉已经嫁给了他的对手莱斯特。沮丧的克利夫需要离开婚礼现场一会儿，以平复自己的心情，正在那一刻他第一次见到了眼科医生朱达。在听到克利夫是一名导演之后，朱达说他想到了一个好的电影创意。朱达接着告诉克利夫他所谓的虚构故事，一个被情妇威胁的成功人士最终杀死情妇的故事。在这个虚构故事的结尾，朱达说，成功人士没有饱受内疚之苦，也没有被绳之以法，他逃脱了罪名并且从未被起诉，警察将罪名安在一个在别处犯罪的流浪汉头上（自从知道有一个无辜的人正在服刑之后，这位成功人士不必再担心会承担罪责）。朱达的"虚构"人物揭示了他自己从担心被捕的恐惧中逃离出来，已经彻底安全了。犯罪的想法已经放下，他感到比从前更轻松，甚至比这一切发生之前更轻松。克利夫提出异议，说不能以有罪之人逃脱罪名而结束一部电影，他告诉朱达，这个"虚构"的人物应该承认他的罪行。朱达笑着说，克利夫是因为看过太多电影才这样说的，因为在真实世界里，从来没有好莱坞电影那样的结局。

这正是克利夫的"弱点"所在，这也正是使他成为这个悲剧故事"神秘主角"之处：与电影不同，生活中从来没有好莱坞电影那样的结局。可悲的是，现实中总会有逍遥法外的坏人存在，也有好人莫名其妙地遭受厄运的事情上演，生活本就不公平。这正是悲剧。朱达的故事情节只是克利夫悲剧的一部分。

因此克利夫才是《罪与错》的主角，这正符合亚里士多德理论与我的观点。对，他并没有推动情节向前发展，或者做出最困难的选择——这些是我们通常认为主角所做的事。但是克利夫提供了道德准则，以亚里士多德轨迹为标准，其他两位候选人却未能如此。朱达逃脱了谋杀罪名，他的毫发无损且毫无愧疚的经历，使他不能成为主角。与逐渐失明的本不同，克利夫自己的弱点促成了悲剧。克利夫的"失明"在于对"生活不是好莱坞电影"这一事实的忽视，这导致他没有接收到"哈莉真的已经不爱他"的信号。在克利夫听到朱达的逃脱罪名的"虚构"故事之后，他更加愤怒。接下来，他没有选择逆流而上，也没有选择面对现实接受生活的本来面目，克利夫似乎注定要沉浸于更多的痛苦之中无法自拔，过着自怨自艾的生活。

有时唯有通过镜头，通过指定一个"神秘主角"，我们才能理解这样的事实，生活并不公平。我们需要为它编织一个美妙的故事，否则就显得太过悲伤。克利夫的故事情节看上去对整部《罪与错》电影而言，似乎只是一条细线，但正是这条细线网织起全部故事，让它们运转起来。它是故事结构的骨架，提供了一个有关道德的框架，如果没有克利夫，这个故事不会运转。设置"神秘主角"是一种聪明的做法，它将逃脱罪名的故事纳入并呈现了出来。

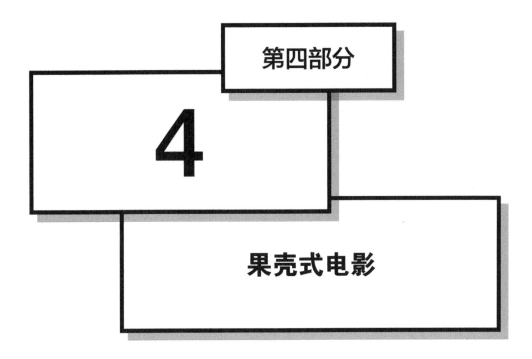

第四部分

4

果壳式电影

该部分包含30部电影完整的果壳编剧策略图，这些电影或闻名遐迩，或非常值得关注，大多数我们已经在之前的章节讨论过。

这些电影几乎使用了果壳编剧策略清单上所列的全部元素。另外还有关于果壳式电影的评论，自158页始。

然而令我难过的是，其中只有五部电影将女性作为影片主角，其中还有一部是动画片。不仅女性主角很少，个性鲜明的女主角在电影中更是少见。

果壳编剧策略备忘：喜剧

以下为喜剧的果壳编剧策略。为正确地构建一个故事，以下各项为必备。

☐ 主角是否在"转折点"立刻实现了他们的"需求"？

☐ 主角在"转折点"是否遇到了他们不想遇到的"陷阱"？

☐ "陷阱"是不是对主角"弱点"的最好测试？

☐ "危机"是不是主角能到达的最低点？（他们是否处于牢狱之中？或者正在考虑自杀？）

☐ 在"危机"处，主角是否处于与他们"需求"相反的状态或者想法？

☐ 在"重大抉择"与"最后一步"，主角是否远离"弱点"获得"力量"？

☐ "弱点"与"力量"是否完全相反？

果壳编剧策略备忘：悲剧

以下为悲剧的果壳编剧策略。为正确地构建一个故事，以下各项为必备。

☐ 主角是否在"转折点"立刻实现了他们的"需求"？

☐ 主角在"转折点"是否遇到了他们不想遇到的"陷阱"？

☐ "陷阱"是不是对他们"弱点"的最好测试？

☐ "胜利"是不是主角能到达的最高点？

☐ "胜利"是不是主角实现他们"需求"的终极体现？

☐ 在"重大抉择"与"最后一步"，主角是否未能远离"弱点"获得"力量"，而是更进一步地朝着"弱点"的方向前进？

☐ "弱点"与"力量"是否完全相反？

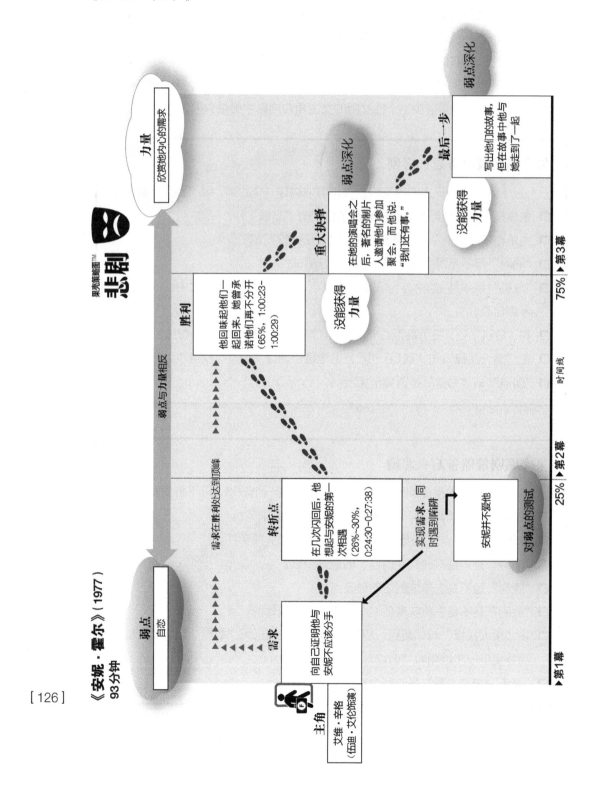

《安妮·霍尔》

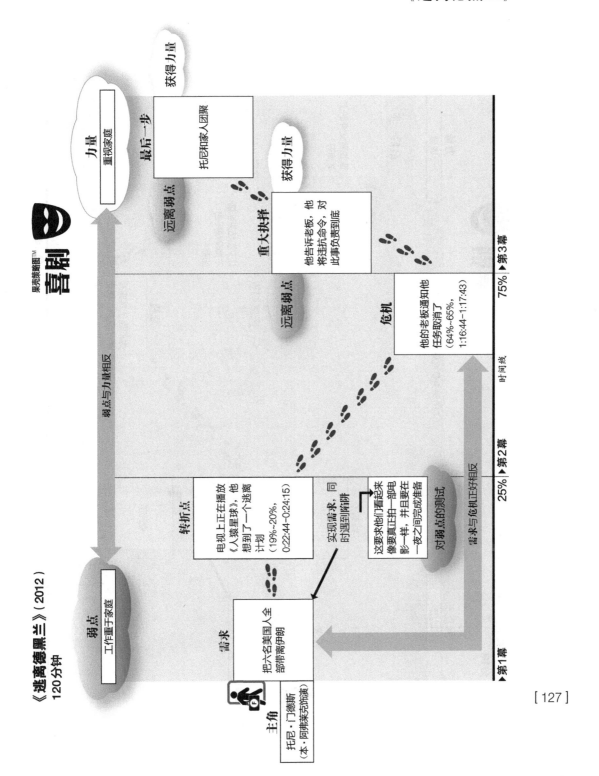

《逃离德黑兰》

果壳策略™
喜剧 😃

《逃离德黑兰》（2012）
120分钟

力量
重视家庭

最后一步
托尼和家人团聚

获得力量

远离弱点

重大决择
他告诉老板，他
将违抗命令，对
此事负责到底

获得力量

弱点与力量相反

远离弱点

危机
他的老板通知他
任务取消了
(64%~65%,
1:16:44-1:17:43)

转折点
电视上正在播放
《人猿星球》，他
想到了一个逃离
计划
(19%~20%,
0:22:44-0:24:15)

实现需求，同
时遇到阻碍

这要求他们看起来
像要真正拍一部电
影，并且要在
一夜之间完成准备

弱点
工作重于家庭

需求
把六名美国人全
部带离伊朗

对弱点的测试

需求与危机正好相反

主角
托尼·门德斯
（本·阿弗莱克饰演）

▶第1幕 25%｜▶第2幕 时间线 75%｜▶第3幕

[127]

《八月：奥色治郡》

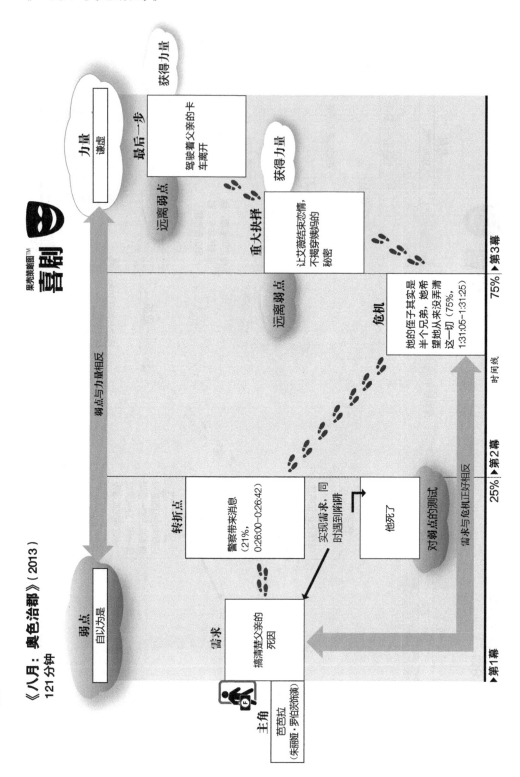

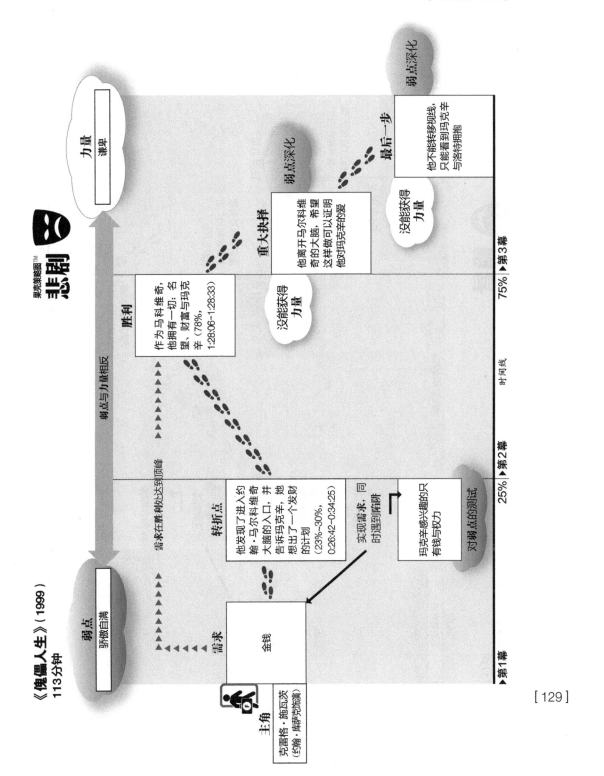

《傀儡人生》

悲剧 果壳结构图™

《傀儡人生》（1999）
113分钟

力量
谦卑

弱点
骄傲自满

弱点与力量相反

需求在胜利处达到顶峰

胜利
作为马尔科维奇，他拥有一切：名望、财富与玛克辛（78%，1:28:06-1:28:33）

重大抉择
他离开马尔科维奇的大脑，希望这样做可以证明他对玛克辛的爱

弱点深化

弱点深化

最后一步
他不能转移视线，只能看到玛克辛与洛特相拥

没能获得力量

没能获得力量

需求
金钱

转折点
他发现了进入约翰·马尔科维奇大脑的入口，并告诉玛克辛，她想出了一个发财的计划（23%~30%，0:26:42-0:34:25）

实现需求，同时遇到陷阱

对弱点的测试
玛克辛感兴趣的只有钱与权力

主角
克雷格·施瓦茨
（约翰·库萨克饰演）

▶ 第1幕   25% ▶ 第2幕   时间线   75% ▶ 第3幕

[129]

《谋杀绿脚趾》

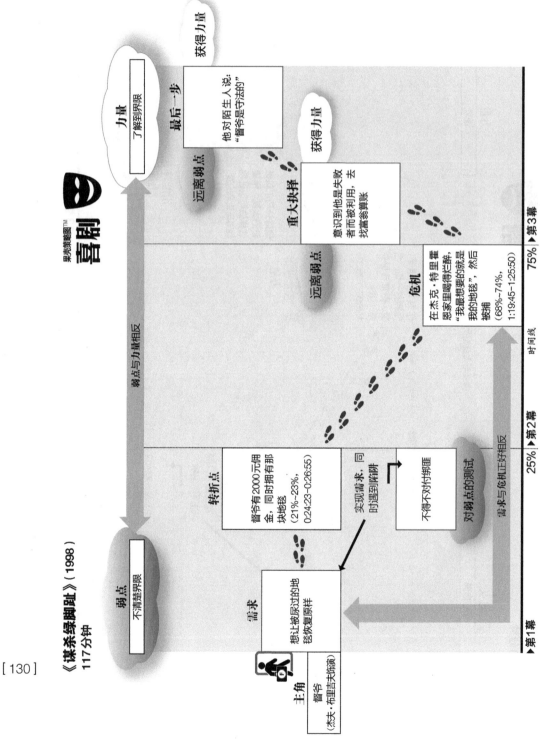

《谋杀绿脚趾》（1998）
117分钟

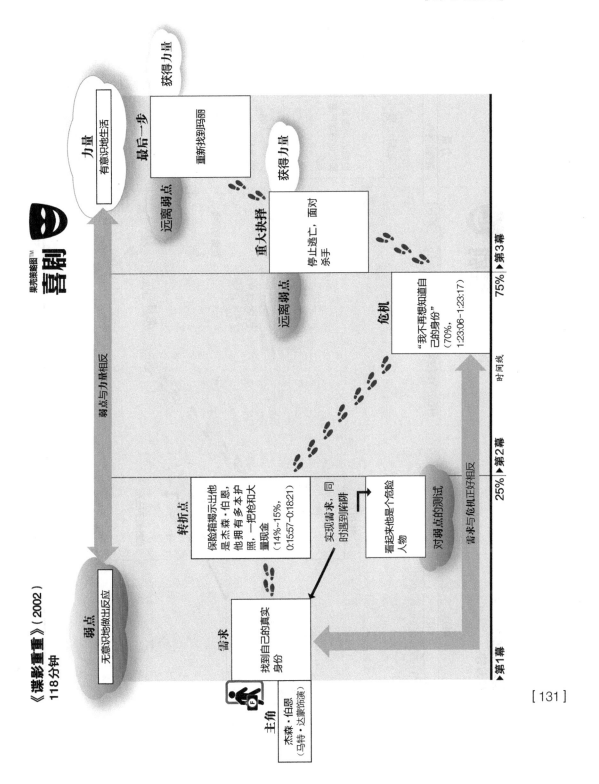

《谍影重重》

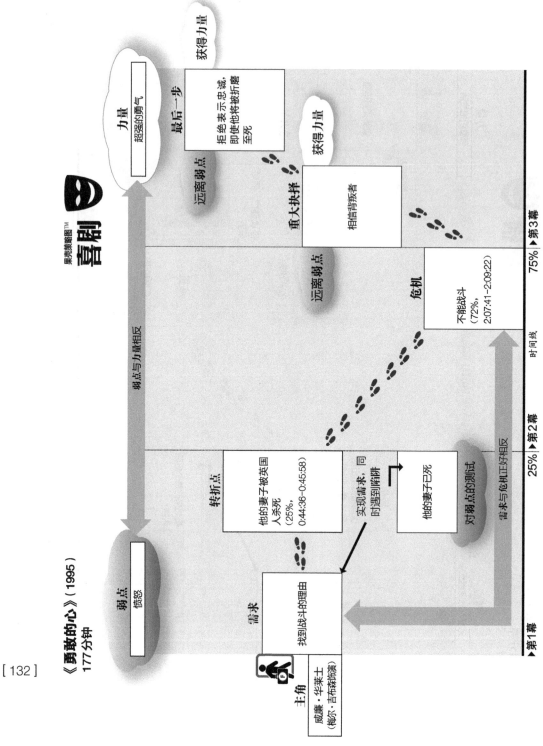

《勇敢的心》

[132]

《**勇敢的心**》（1995）
177分钟

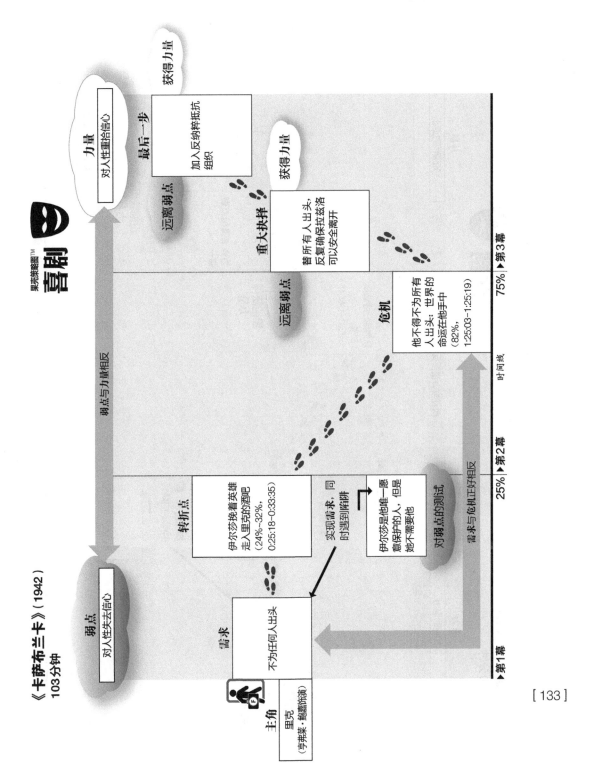

《卡萨布兰卡》

果壳编剧图™

喜剧 ☺

《卡萨布兰卡》(1942)
103分钟

主角
里克
(亨弗莱·鲍嘉饰演)

弱点
对人性失去信心

力量
对人性重拾信心

弱点与力量相反

需求
不为任何人出头

实现需求，同时遇到阻挠的
伊尔莎是他唯一愿意保护的人，但是
她不需要他

对弱点的测试

转折点
伊尔莎挽着英雄走入里克的酒吧
(24%~32%，0:25:18-0:33:35)

需求与危机正好相反

危机
他不得不为所有人出头：世界的命运在他手中
(82%，1:25:03-1:25:19)

远离弱点

重大抉择
替所有人出头，反复确保拉兹洛可以安全离开

获得力量

最后一步
加入反纳粹抵抗组织

远离弱点

获得力量

▶第1幕   25%|▶第2幕   时间线   75%|▶第3幕

[133]

《唐人街》

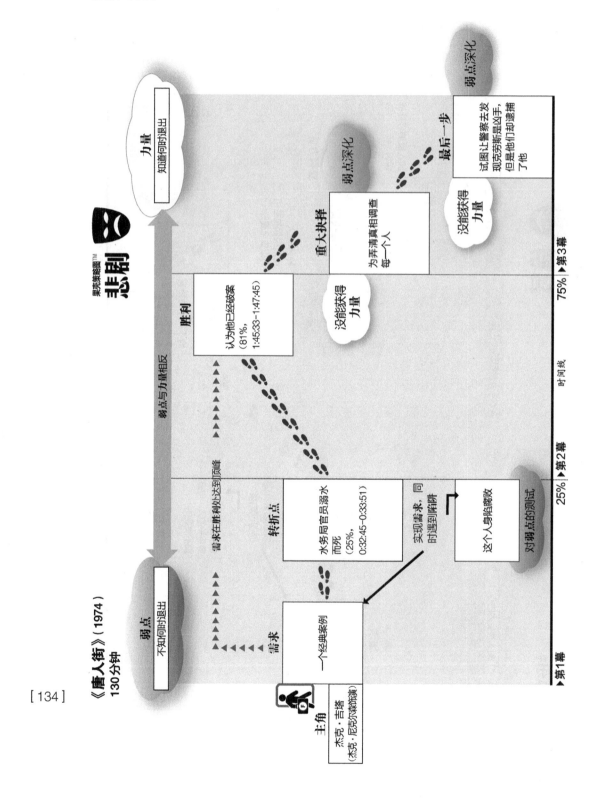

《唐人街》（1974）
130分钟

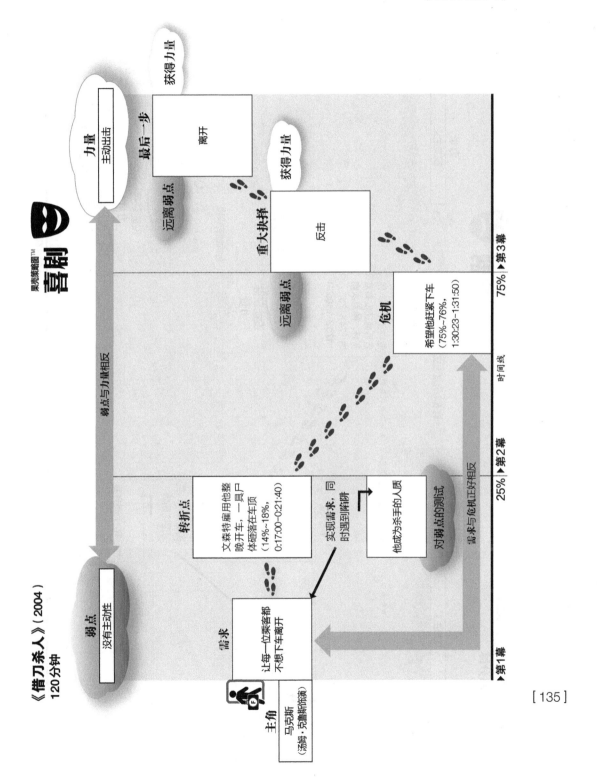

《借刀杀人》

《借刀杀人》(2004)
120分钟

果壳策略圈™
喜剧

主角
马克斯
(汤姆·克鲁斯饰演)

弱点
没有主动性

需求
让每一位乘客都
不想下车离开

力量
主动出击

获得力量

弱点与力量相反

需求与危机正好相反

对弱点的测试

实现需求,同
时遇到障碍

他成为杀手的人质

转折点

文森特雇用他整
晚开车,一具尸
体砸落在车顶
(14%~18%,
0:17:00~0:21:40)

远离弱点

危机

希望他赶紧下车
(75%~76%,
1:30:23~1:31:50)

重大抉择

反击

获得力量

最后一步

离开

远离弱点

第1幕 | 25% | 第2幕

时间线

75% | 第3幕

[135]

《罪与错》

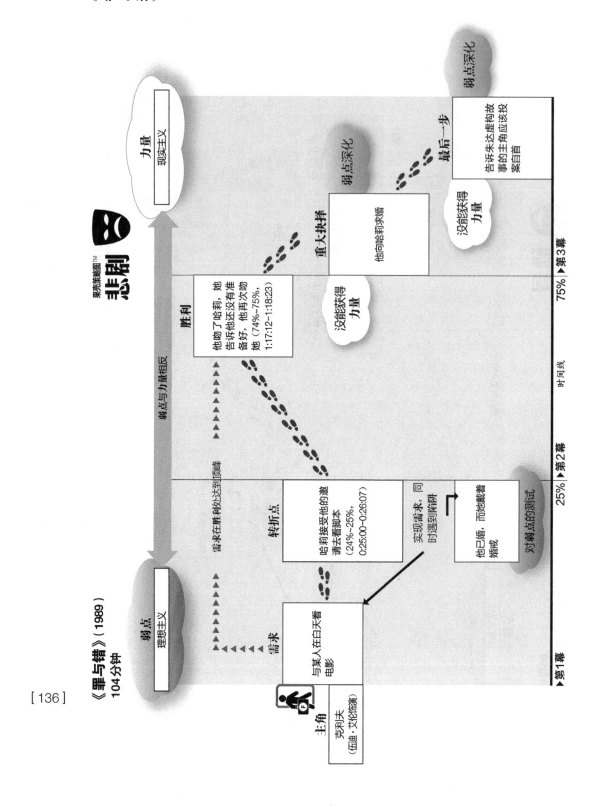

《罪与错》(1989)
104分钟

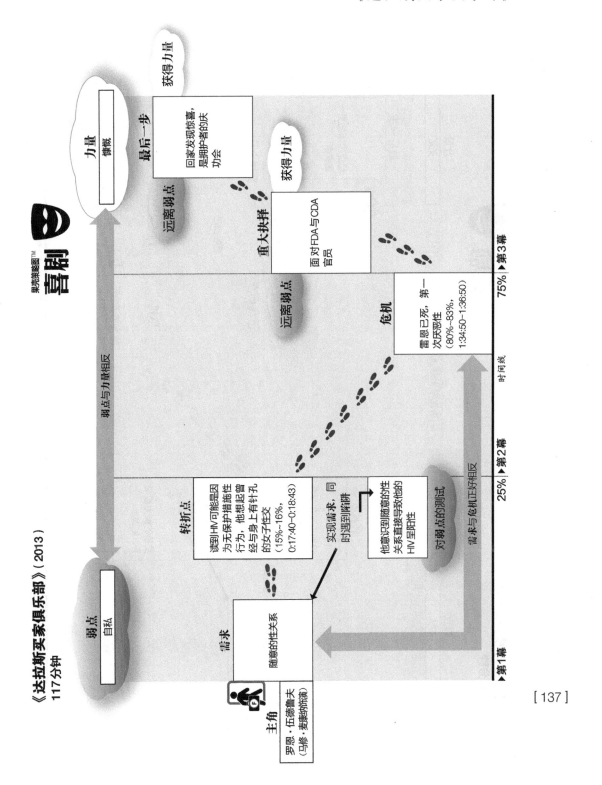

《达拉斯买家俱乐部》

《冰雪奇缘》

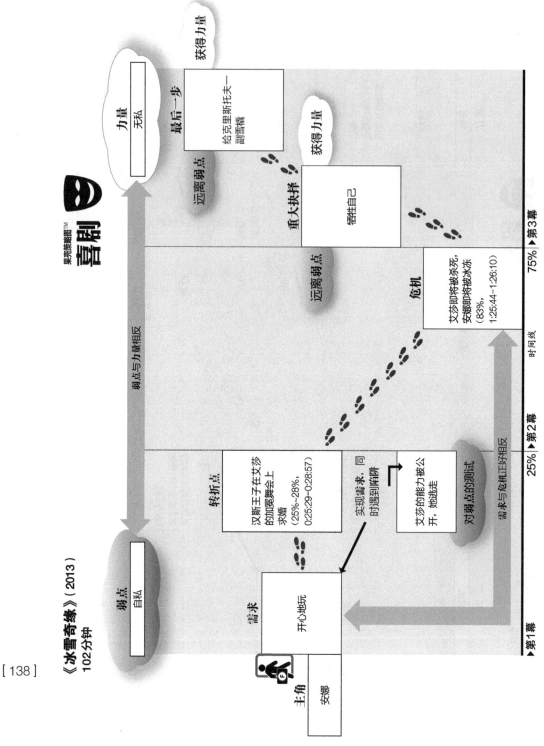

果壳策略图™
喜剧

《冰雪奇缘》（2013）
102分钟

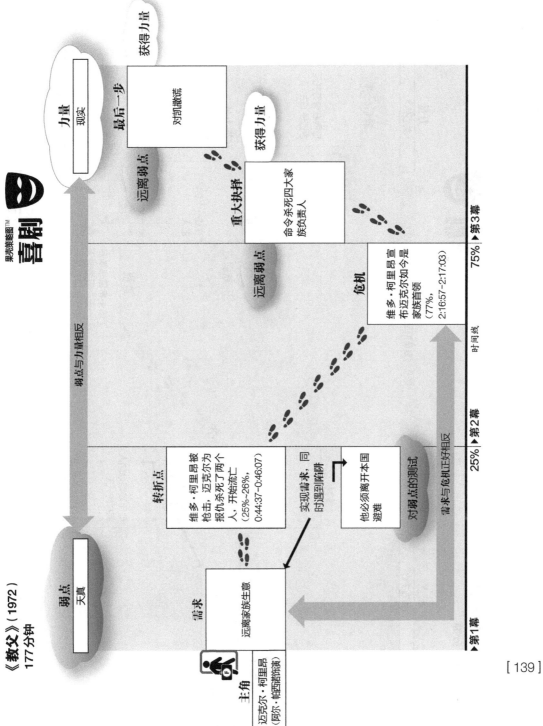

《教父》

果篓箍图™

喜剧 😐

《教父》（1972）
177分钟

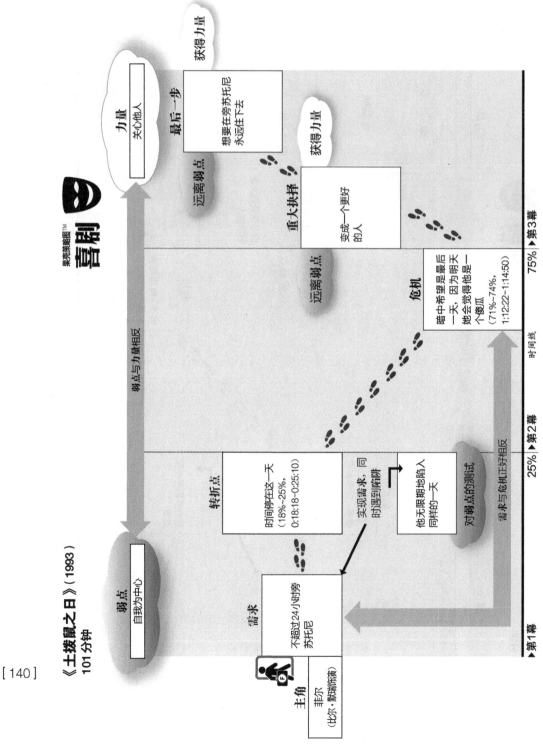

《土拨鼠之日》

果壳策略图™ 喜剧

《土拨鼠之日》（1993）
101分钟

力量
关心他人

弱点与力量相反

弱点
自我为中心

最后一步
想要在旁苏托尼
永远住下去

获得力量

远离弱点

重大抉择
变成一个更好
的人

获得力量

远离弱点

危机
暗中希望是最后
一天，因为觉得他是一
个傻瓜
（71%~74%，
1:12:22-1:14:50）

时间线

75% ▶第3幕

25% ▶第2幕

需求与危机正好相反

对弱点的测试

转折点
时间停在这一天
（18%~25%，
0:18:18-0:25:10）

实现需求，同
时遇到陷阱

他无限期地陷入
同样的一天

需求
不超过24小时旁
苏托尼

主角
菲尔
（比尔·默瑞饰演）

▶第1幕

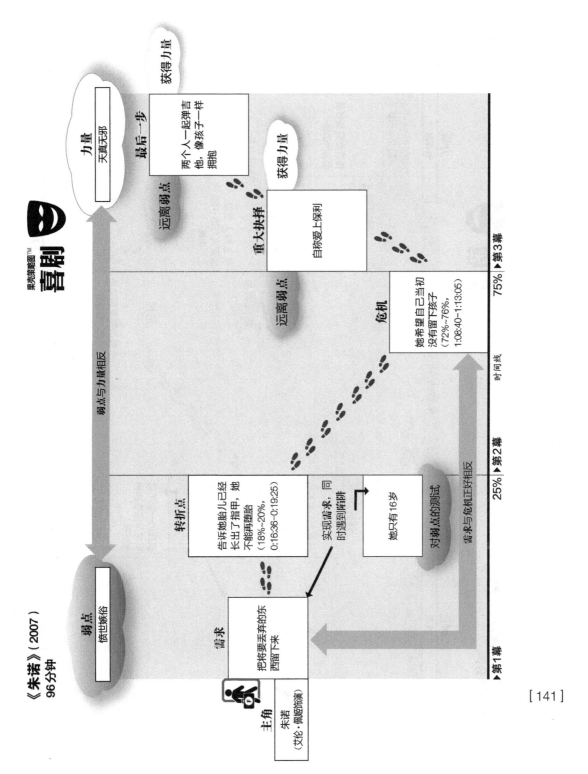

《朱诺》

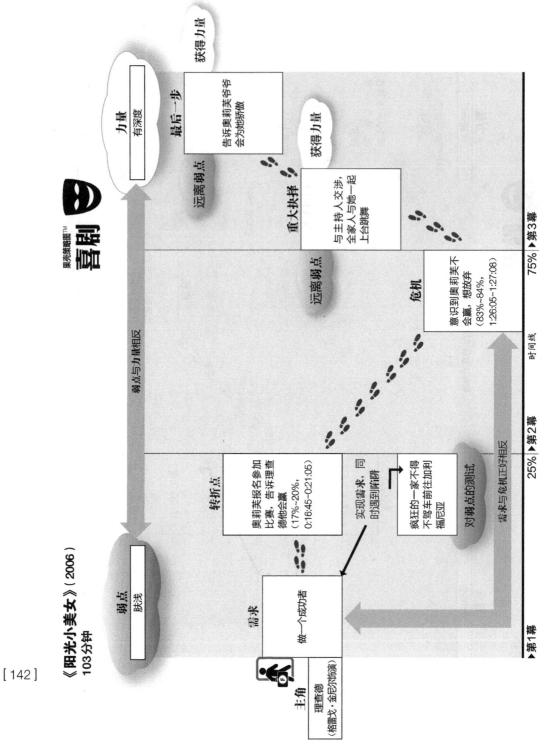

《阳光小美女》

《黑客帝国》

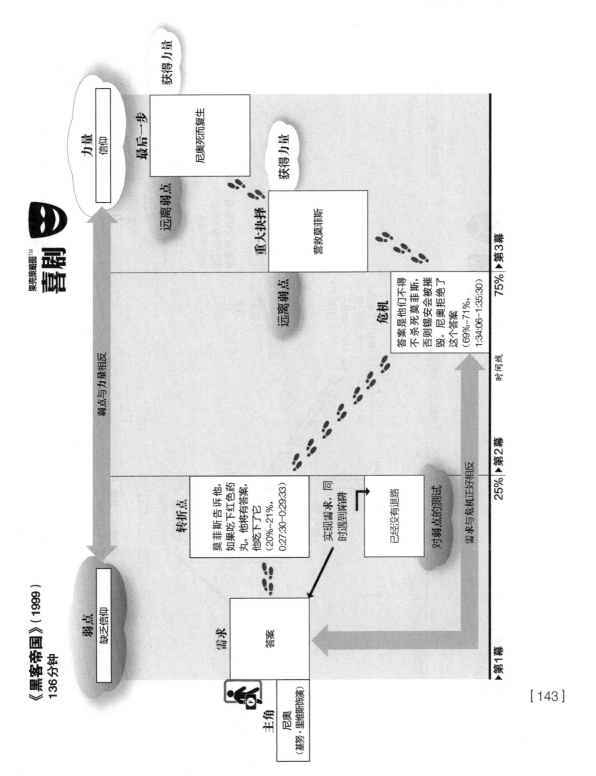

《记忆碎片》

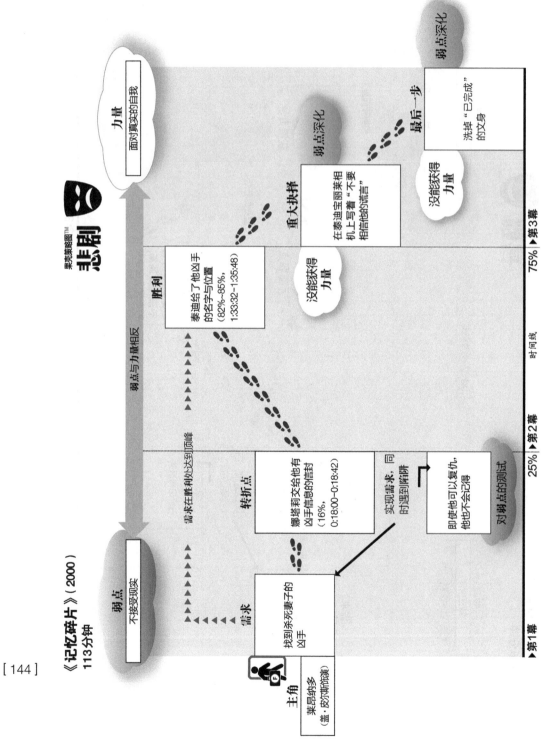

[144]

《记忆碎片》（2000）
113分钟

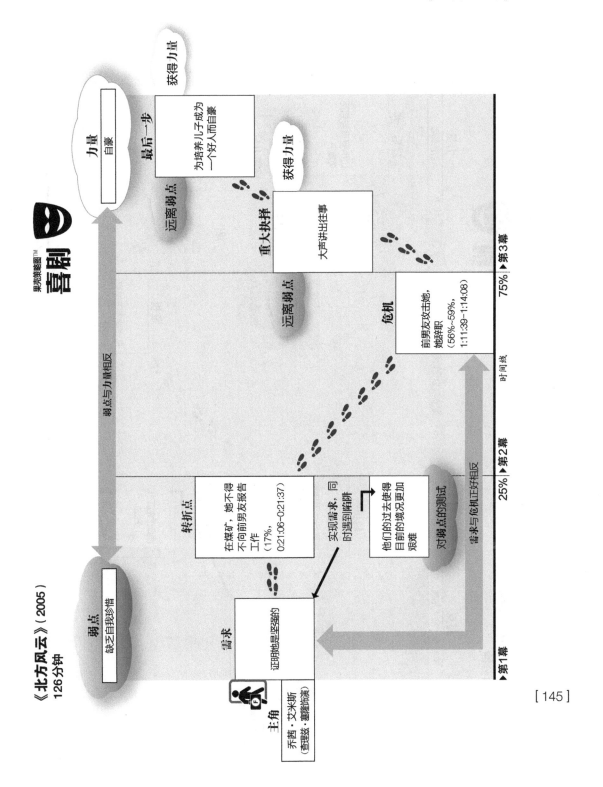

《北方风云》

果策略图™ 喜剧

《**北方风云**》（2005）
126分钟

力量
自豪

弱点
缺乏自我珍惜

弱点与力量相反

最后一步
为培养儿子成为
一个好人而自豪

获得力量

远离弱点

重大决择
大声讲出往事

获得力量

远离弱点

危机
前男友攻击她，
她辞职
（56%～59%，
1:11:39～1:14:08）

获得力量

转折点
在煤矿，她不得
不向前男友报告
工作
（17%，
0:21:06～0:21:37）

实现需求，同
时从过去使得
他们的境况更加
艰难

对弱点的测试

需求与危机正好相反

需求
证明她是坚强的

主角
乔西·艾米斯
（查理兹·塞隆饰演）

▶第1幕　　　　　25%|▶第2幕　　　75%|▶第3幕

时间线

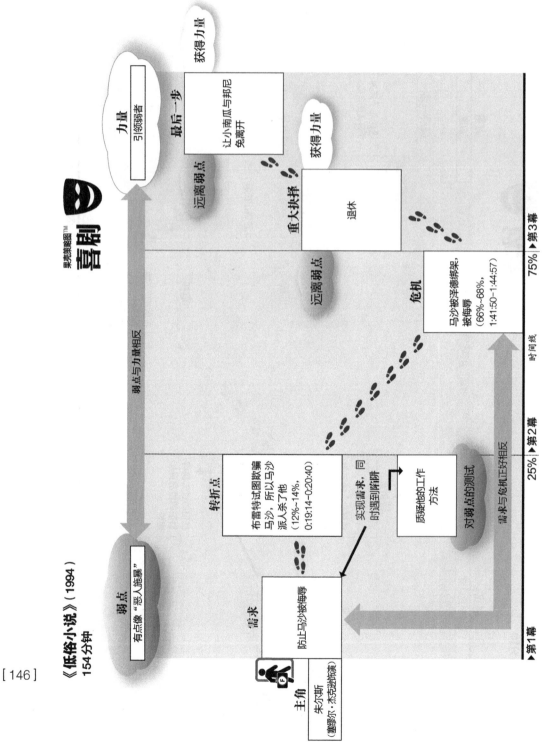

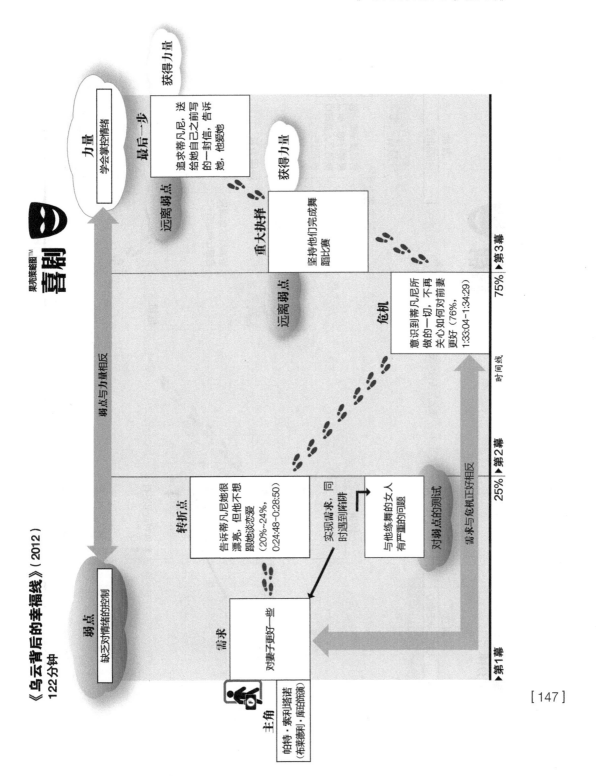

《乌云背后的幸福线》

[148]

《第六感》

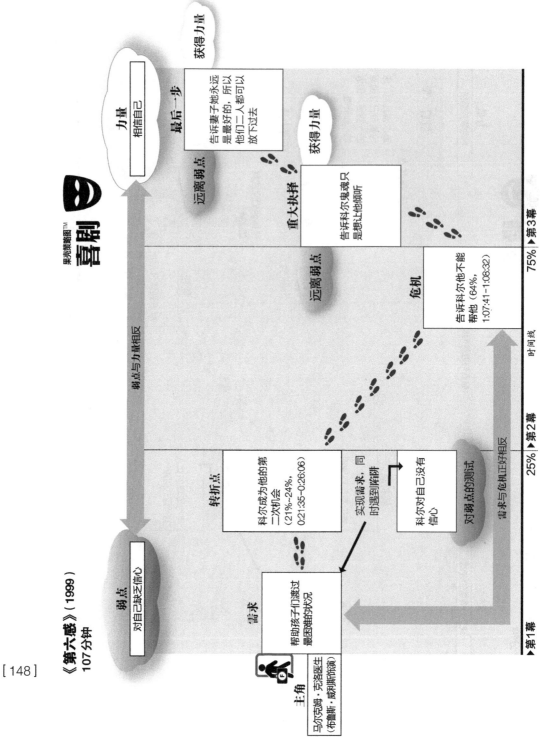

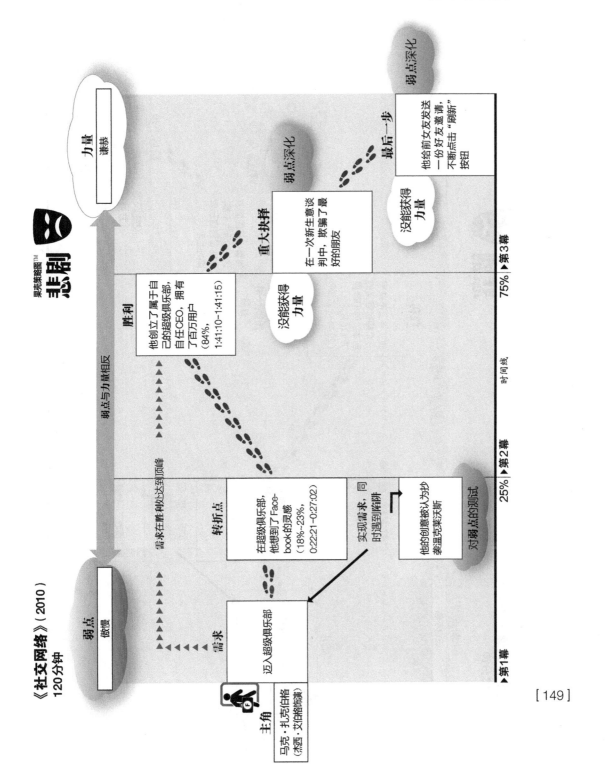

《社交网络》

《社交网络》(2010)
120分钟

果壳策略图™
悲剧 😢

[149]

《日落大道》

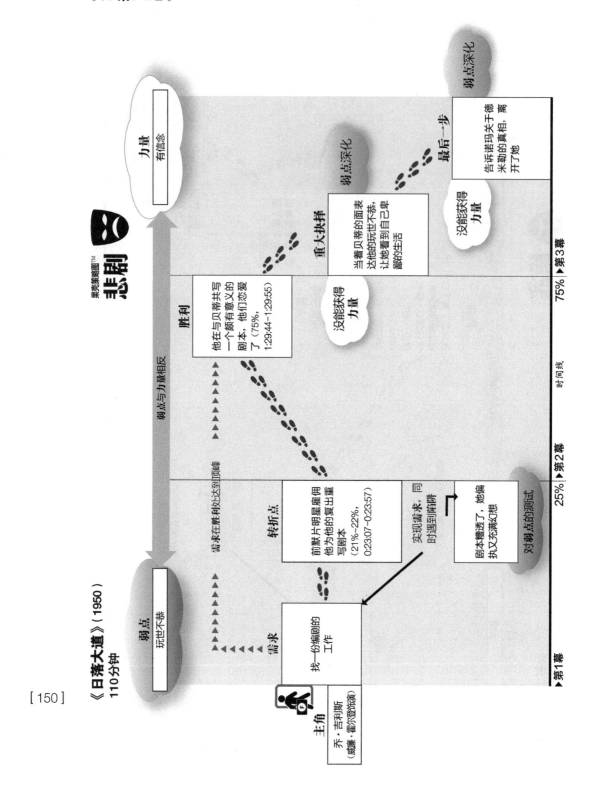

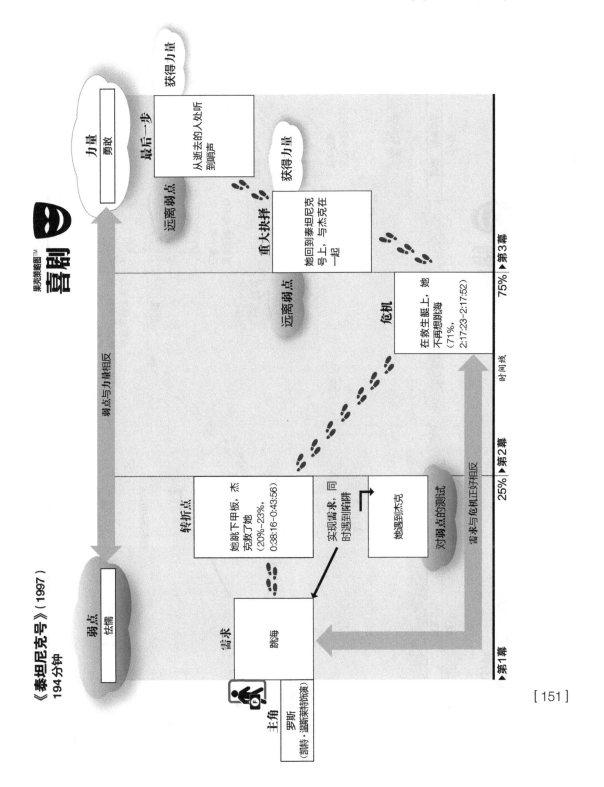

《泰坦尼克号》

喜剧™

《泰坦尼克号》（1997）
194分钟

主角
罗斯
（凯特·温斯莱特饰演）

弱点
怯懦

力量
勇敢

弱点与力量相反

需求
跳海

对弱点的测试

需求与危机正好相反

转折点

她跳下甲板，杰克救了她
（20%~23%，
0:38:16–0:43:56）

实现需求，同时遇到哪怕

她遇到杰克

第1幕 ▶ | 25% ▶ 第2幕 | 时间线 | 75% ▶ 第3幕

危机

在救生艇上，她不再想跳海
（71%，
2:17:23–2:17:52）

远离弱点

重大决择

她回到泰坦尼克号上，与杰克在一起

获得力量

远离弱点

最后一步

从逝去的人处听到哨声

获得力量

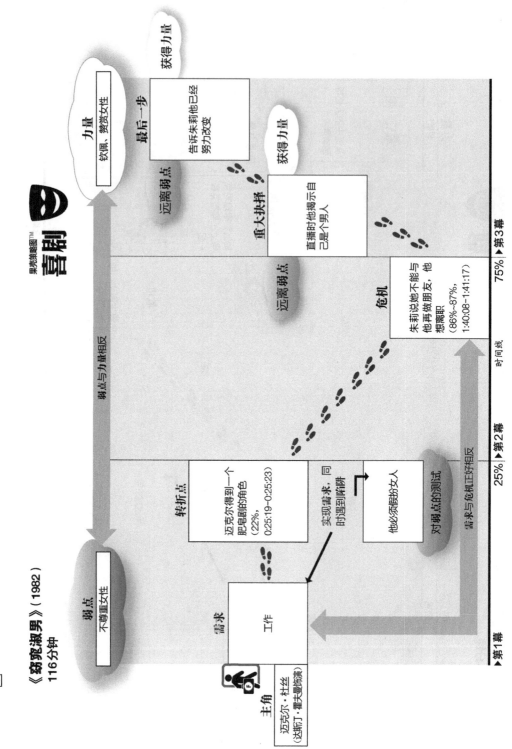

《窈窕淑男》

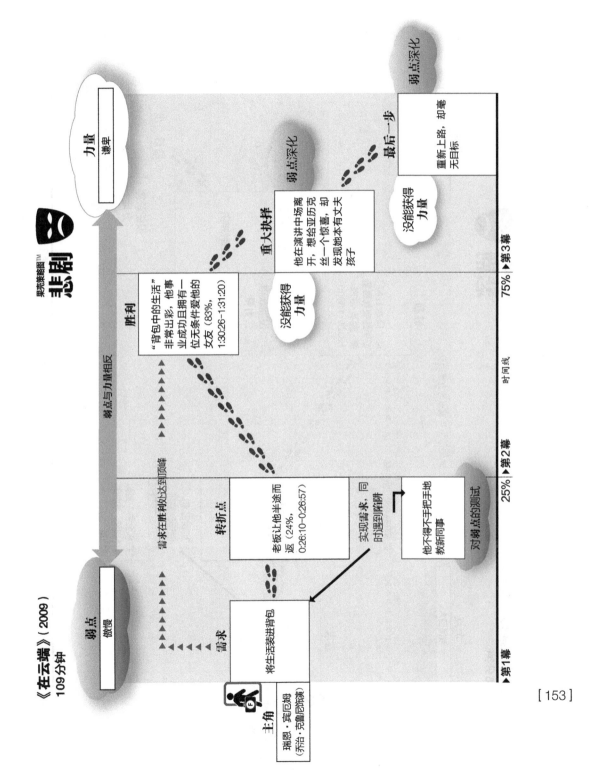

《在云端》

悲剧 果集编剧™

力量
谦卑

弱点与力量相反

《在云端》(2009)
109分钟

弱点
傲慢

胜利

"背包中的生活"
非常出彩,他事
业成功且拥有一
位无条件爱他的
女友 (83%,
1:30:26-1:31:20)

弱点深化

重大抉择

他在演讲中场离
开,想给亚历克
丝一个惊喜,却
发现她本有丈夫
孩子

弱点深化

最后一步

重新上路,却毫
无目标

没能获得
力量

没能获得
力量

需求在胜利处达到顶峰

转折点

老板让他半途而
返 (24%,
0:26:10-0:26:57)

实现需求,同
时遇到陷阱

他不得不手把手地
教新同事

对弱点的测试

需求

将生活装进背包

主角

瑞恩·宾厄姆
(乔治·克鲁尼饰演)

▶第1幕   25% ▶第2幕   时间线   75% ▶第3幕

[153]

《非常嫌疑犯》

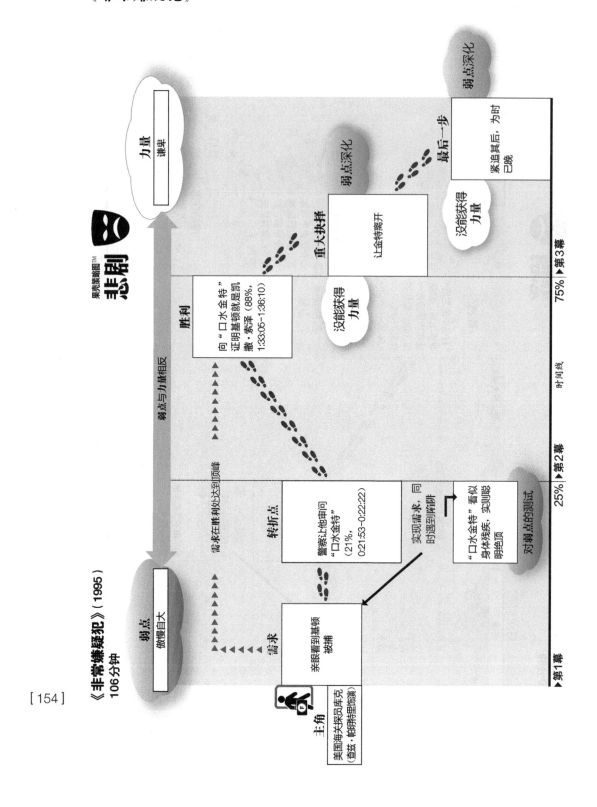

果壳策略圈™
悲剧

力量
谦卑

弱点深化

弱点与力量相反

《非常嫌疑犯》（1995）
106分钟

弱点
傲慢自大

主角
美国海关探员库克
（查兹·帕明特里饰演）

亲眼看到基顿
被捕

需求

需求在胜利时却处于顶峰

转折点

警察让他审问
"口水金特"
（21%，
0:21:53-0:22:22）

实现需求，同
时遇到障碍

"口水金特"看似
身体残疾，实则聪
明绝顶

对弱点的测试

胜利

向"口水金特"
证明基顿就是凯
撒（88%，
1:33:05-1:36:10）

重大抉择

让金特离开

弱点深化

没能获得
力量

没能获得
力量

最后一步

紧追其后，为时
已晚

弱点深化

▶第1幕　　　　25%◀▶第2幕　　　时间线　　　75%◀▶第3幕

[154]

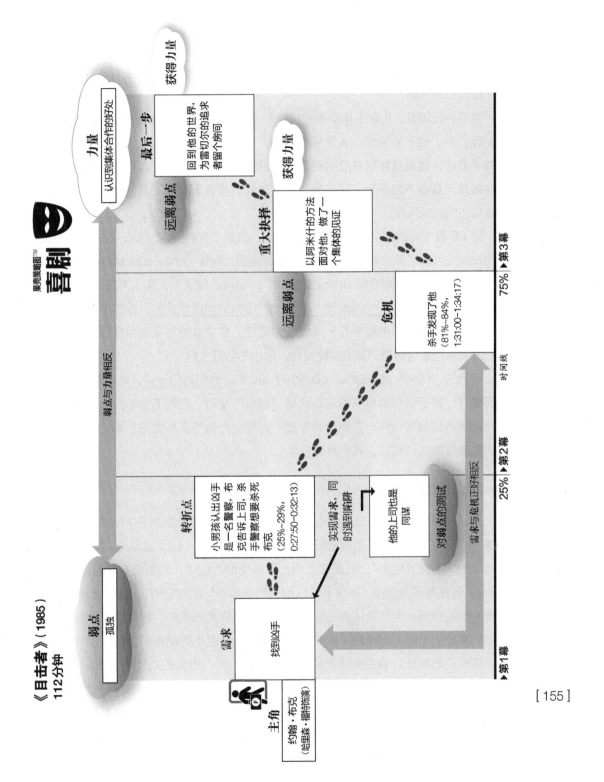

《目击者》

电影评论（果壳式电影）

《安妮·霍尔》

《安妮·霍尔》位居美国电影协会喜剧排行榜名第4位，而事实上，它在剧作结构上是典型的悲剧。

在第一段场景，电影主角歌手阿尔维（伍迪·艾伦饰演）面对镜头说，他并不想与安妮分手，他不断回想二人曾经的过往，也试图找出问题所在。这些话虽然自他的口中而出，然而我想它并没达到真正的目的，并不能证明二人不应该分手是因为阿尔维自己真心不想分手。现实生活中，当我们痴迷于一段关系中哪里做错时，这才是真正的问题所在。

第1幕接下来的部分时间的跳跃与闪回，直到"转折点"，他陷入回忆中，那时他与安妮在网球场第一次相遇，她骑车带他回家（26%~30%，0:24:30-0:27:38）。第一次相遇使他有了足够的理由确定"需求"：他从心底认为，两人不应该分手。"陷阱"是他不想从属于任何俱乐部，尽管他们想招纳他成为会员，这源于他一段独白中情绪的流露。他引用格劳乔·马克斯的笑话，其实言外之意是他在总结自己与女人们的关系。换句话说，如果安妮爱他，他也不会爱上她。

在他的"胜利"处（65%，1:00:23-1:00:29），他们重归于好，她承诺永不分手。然而最终，源于他自身自私的悲剧性格"弱点"使然，在她的演唱会后，著名制片人向她表示想与她合作，并邀请她参加一起聚会，由于艾尔维的自私感作祟，他提出了蹩脚的理由："记住，我们有约会。"

《谋杀绿脚趾》

我非常愿意介绍科恩兄弟的电影，《谋杀绿脚趾》是我在本书中提到的他们拍摄较早的一部电影。他们早期的电影如《血迷宫》（1984）《抚养亚历桑纳》（1987）都是典型的"果壳式电影"，但是这之后，风格变得不稳定，比如接下来的《冰血暴》（1996）也充满不确定性。不仅不可以用"果壳理论"定义它们，也找不到任何对其有效的理论分析。当然我认为《冰血暴》是一部优秀的电影，我依然喜欢科恩兄弟与他们拍摄的电影，同样地，这并不妨碍我不能接受电影结构的混乱性，并且一而再、再而三地如此。我主张电影必须结构清晰，因为电影的功能不仅仅包括娱乐、运动以及受到鼓舞。通常情况下，正是因为预先设置好的结构，电影不只包含其一，更多地兼具以上多项功能。结构的弱点不等于创新。结构的弱点意味着杂乱无章的事件毫无顺序地排列或者无缘无故地发生，如同现实生活一样。而讲得好的故事并不是生活的简单再现。科恩兄弟的电影制作精良，我相信某些故事延续了他们自己创造的结构技巧与独特的叙事风格。

《勇敢的心》

显而易见，本片中愤怒为主角的性格"弱点"，勇气为"力量"，而二者并不相反与对立。威廉在第1幕、第2幕愤怒爆棚，甚至在第3幕仍然充满愤怒。但他确实在第3幕完成了从普通战士的勇气向几近超人勇气的跨越，这种变化并不是隐晦而痛苦的。他的死是对英国反抗的最后一击。他知道这会激发他的同胞们最终赢得自由，至少这对于威廉·华莱士而言，这是一个圆满的结局。

《冰雪奇缘》

在动画家族中，"危机"往往以某种形式的死亡威胁而存在。它似乎是一切有趣事物的相反面（比如游戏玩耍、吃冰淇淋等好玩的事情），事实上，它只是"没有死亡威胁"的反面。在我看来，一个有着濒于死亡的"危机"，不仅是对"需求"简单的否定，更显得不够强大。它缺乏真正的向讽刺力量逆转的动力。

《教父》

这部电影存着一些非常规因素。维多·柯里昂在电影进行至22%~26%（0:44:37-0:46:07）时被枪击，这导致迈克尔在 1:29:18时杀死两个卷入其纷争的人物，从而导致他不得不去西西里逃亡一段时间。"转折点"应该同时有"陷阱"出现，但是影片中的"陷阱"，他必须离开祖国，直到此后45分钟才发生。

他的"危机"（老柯里昂说迈克尔现在成为家族首领）应该是他的低谷，然而影片中并不是。它应该满足"危机"的其他需求，其中之一是设置故事的反转情节：与"需求"不参与家族经营的预期相反。

本书中所有电影中，"弱点"到"力量"的转变（悲剧中失败的转变）都揭示了大多数人都会认同的道德真理，只有《教父》除外。例如，多数人会认可《窈窕淑男》中迈克尔在结尾获得"力量"时学会尊重女性，是一件好事。然而在《教父》中，多数人不会认为迈克尔由天真的"弱点"转变为获得"力量"时变得现实，为一件值得庆幸的事。他并没有因此而成为一个更好的人，反而变得更差。这里的现实对他而言为一种相对的"力量"，对影片而言也是如此，并不是广义上的道德高义，完全与众不同。

[157]

《土拨鼠之日》

巧妙的隐喻总是令人情有独钟。一个人被困于重复的日子就是这样，"危机"是同一天将永远周而复始。显然制片人认为这样太拙劣，因为菲尔实际并没有明确地这样表达。他与丽塔在这样一个值得纪念的伟大日子相会，他说他憎恶明天她就会忘记这一切，依然会将他当作一个混蛋。他明确地希望日子会永远这样持续下去，这些事可以不再发生。但他并没有讲出来，如果他讲出来，也许会更好，隐喻是编剧的一大利器。

《朱诺》

给凡妮莎留字条并不算"重大抉择"，因为观众自始至终没有看到字条的内容。"重大抉择"其核心是高潮，所以观众需要了解字条写了些什么，发生了什么。

《低俗小说》

参见第15章"非线性剧本"的讨论。

译后记

本书的翻译工作已经接近尾声，从2015年底确定项目选题开始，已过去数年时间，中间经过了与本书原作者对于内容与表格方面的多次沟通与校译，她的认真令我深深佩服，也使本书的内容更加完善。

近年来，中国电影在保持一定总体量的同时，放缓了近十年的快速增长的脚步。然而红火热闹的电影票房，与电影批评、编剧创作短板之间发展的不平衡，仍旧是中国电影发展中最突出的矛盾，电影市场上蜂拥而来的好莱坞各种续集、翻拍，粗制滥造的搞笑故事，更令我们忧虑不已——电影屏幕多了，票房高了，走进电影院的人越来越多，但是好影片依然不多，这种现状不仅拉低了观众的电影审美趣味，更使中国电影进入了被资本绑架，急功近利的恶性循环之中。电影创作人才的紧缺、专业电影批评力量不足成为制约中国电影大步前进的重要一环。提升中国电影的核心竞争力，核心就在于故事，我们应该汲取国外成功经验，认真面对"如何讲好一个故事"这个问题。

对于如何理解与使用本书，作为译者，我有三个方面的建议。

首先，作为一门综合艺术，编剧究竟是艺术还是技术？毫无疑问，电影编剧极大地需要艺术创造能力，它不仅要有阅尽人间百态的洞察力，也要有想象力，让故事既在情理之中、又在意料之外，更要有化腐朽为神奇的创造力。与此同时，电影编剧是一门充满技术含量的工作。在好莱坞，编剧笔下的剧本可以是百余字就足以吸引人的故事梗概，可以是试播剧几十分钟主要角色轮番登场的剧情，当然也可以是精确到每一分钟的剧本。

如何兼具艺术创造与规范文本，如何把握故事在每一个关键点的走向，如何推动故事朝着预定的目标达到高潮，本书在目前主流的三幕剧编剧理论基础之上，提出了更为简单明白、易于操作的编剧理论与方法。

其次，"果壳编剧策略"理论是什么？初次看到本书英文名，最先想到的就是斯蒂芬·霍金的《果壳中的宇宙》一书。与此相似，本书的"果壳"同样有着"简明""概要"的内涵：内容上，编剧一方面要有天马行空的想象力，另一方面也要有严谨有序的故事进度与计划；形式上，本书提出剧本中必需的八大元素，并以图表的方式表示出元素彼此之间的紧密联系，将复杂的故事结构如同抽丝剥茧一般简化成为一张表格，训练编剧们在一页纸之内展示出所有的元素及关系。果壳编剧理论最直接的效果是，如果编剧撰写的故事拥有了八大元素，并且各元素之间按图表要求可以互相关联、互动，那么此故事就可以达到好莱坞电影的叙事标准。这一理论是作者在长期的剧本审读与工作实践中总结与归纳出的，并作为研习班与工作室的基本创作方法屡试不爽，成为一部行业的编剧宝典。

再次，八大元素及其互动关系既是传统，也是创新。自电影诞生起，好莱坞电影的主流结构是传统的三幕结构。果壳编剧理论源于亚里士多德悲剧、喜剧理论基础。这个理论创新之处在于，作者提炼出故事最重要、最核心的八种元素，包括主角、弱点、需求、危机、胜利等，用30部经典电影作为案例分析，包括《泰坦尼克号》《傀儡人生》《非常嫌疑犯》《黑客帝国》《达拉斯买家俱乐部》等跨年代、多类型的经典电影，使读者得以全面而清晰地理解果壳理论，并应用于创作实践中，从"怎样讲故事"的角度，可以更好地助力于中国编剧与世界接轨。

感谢人民邮电出版社，系统有序地推出了一系列电影编剧、导演、摄影等专业译丛，从理论与实践的角度给中国电影提供了全方位的理论支撑。自2013年起，笔者有幸参与翻译了其中几部影视编剧的翻译。《果壳编剧策略：成功故事的八大核心元素》的意义在于，可以有效地增强编剧对剧本故事发展的掌控力，增强制片人、导演等人员对于剧本核心元素的理解、执行，更可以提升整个电影行业对于故事水平的判断能力，对于中国电影的原创能力与市场运作能力都有着重要的提升作用。

非常感谢出版社在图书选题、立项、版权等诸多事宜上投入大量的时间与精力。感谢吴没安（Mariana Worrel）为本次简体中文版出版提供的帮助。最后，更要感谢所有为本书提供帮助的师长、朋友们！希望有更多优秀的人才加入到电影这个行业中来，共同创造中国电影更辉煌的明天。

张敬华

2020年12月于北京